KB113955

# 공동전인 共同專人

설경구 新무협 판타지 소설

FANTASTIC ORIENTAL HEROES

# 공동전인 3

설경구 新무협 판타지 소설

초판 1쇄 찍은 날 § 2009년 4월 29일
초판 1쇄 펴낸 날 § 2009년 5월 8일

지은이 § 설경구
펴낸이 § 서경석

편집장 § 문혜영
편집책임 § 정서진
편집 § 서지현

펴낸곳 § 도서출판 청어람
등록번호 § 제1081-1-89호
등록일자 § 1999. 5. 31
어람번호 § 제2-1732호

주소 § 경기도 부천시 원미구 심곡2동 163-2 서경B/D 3F (우) 420-822
전화 § 032-656-4452 팩스 § 032-656-4453
http://www.chungeoram.com
E-mail § eoram99@chollian.net



ISBN 978-89-251-1787-4 04810
ISBN 978-89-251-1741-6 (세트)

共同傳人

# 공동전인

3

FANTASTIC ORIENTAL HEROES

설경구 新무협 판타지 소설

도서출판 청람

目次

# 第一章

## 전화위복(轉禍爲福)

共同
傳人
공동전인

눈을 뜨는 것조차 힘들다.

무겁기만 한 눈꺼풀을 힘겹게 밀어 올렸지만 흐릿하기만 할 뿐, 아무것도 제대로 보이지 않는다.

대체 여기가 어딜까.

눈을 껌벅였다.

그리고 그렇게 몇 번 눈을 껌벅거리고 있을 때, 누군가의 목소리가 들려왔다.

"깼냐?"

목소리가 들리는 방향으로 고개를 돌렸다.

하지만 여전히 시야가 흐릿하다.

몇 번 더 눈을 껌벅이고 나서 흐릿하기만 하던 시야에 간신히 초점이 잡히자, 생판 처음 보는 노인의 얼굴이 보였다.

정체를 알 수 없는 풀뿌리를 우적우적 씹고 있는 노인을 확인하고서 사무진이 벌떡 몸을 일으키려 했다.

하지만 몸은 정직했다.

단전에서부터 시작된 통증으로 인해 그의 뜻대로 움직이지 않았다.

몸을 일으키려던 것을 포기하고 다시 바닥에 드러누운 채로 우선 지금 누워 있는 곳이 어딘가부터 살폈다.

그다지 높지 않은 천장.

정체 모를 강렬한 약재의 향기가 코끝을 찌르고 있는 이곳은 자그마한 방이었다.

그리고 허연 수염을 가슴까지 기르고 있는 노인이 두 눈을 빛내면서 사무진을 아까부터 멀뚱멀뚱 내려다보며 관찰하고 있었다.

"누구세요?"

"보자, 뭐라고 대답하면 좋을까?"

"……."

"무명인(無名人)이라고 할까?"

"네?"

"이름이 없다? 왠지 있어 보이잖아."

다 빠지고 몇 개 남지 않은 누런 이가 드러날 정도로 환하게 웃는 노인을 보면서 사무진은 머리가 복잡해졌다.
일단 살아 있다는 것은 다행이었다.
하지만 요즘 들어 일진이 좋지 않은 것은 확실했다.
생사판(生死判) 염혼경이란 노인에게 죽도록 얻어터지고, 정체도 모르는 젊은 놈에게 모욕을 당한 것이 끝이 아니었다.
운이 좋아 죽지는 않았지만 기껏 만난 노인이 멋모르고 치대는 어린아이와 함께 상대하기가 가장 어렵다는 치매 걸린 노인이었으니까.
"그러게요, 있어 보이네요."
"그렇지?"
"근데 여기는 어디예요?"
"원래는 내 증손자가 살았던 집인데 그놈이 삼십 년 전에 죽어버렸어. 젊을 때부터 과음을 하더니 결국 일흔도 넘기지 못하고 죽어버렸지. 그 뒤로 비어 있던 집이야."
기가 막혀서 아무 말도 못 하고 눈을 껌벅였다. 이걸 순순히 믿어야 할까?
손자도 아니고 증손자가 일흔이 될 때까지 살았다니 지금 눈앞에 앉아 있는 노인의 나이가 짐작조차 가지 않았다.
"거짓말이죠?"
"아닌데."
"알았어요. 그럼 진짜라고 치고 하나만 더 물어볼게요. 저는 혹시 영감님이 구해주신 건가요?"

"관도에 쓰러져 있는 걸 데려오기는 했지."

치매에 걸렸든 아니든 간에 확실한 것은 이 노인이 생명의 은인이라는 것이었다.

그래서 감사의 인사를 하려는 찰나에 노인이 먼저 입을 뗐다.

"네가 내 생명의 은인이지."

"네?"

"사실 죽으러 가는 길이었거든."

이건 또 무슨 말일까.

지금 이 노인이 꺼내는 말대로라면 자살을 하기 위해 움직이다 사무진을 발견했다는 셈이었다.

"왜 죽으려고 했는데요?"

"오래 살다 보면 지겨울 때가 있어."

호기심이 생겼다.

그래서 사무진이 질문을 던졌지만 노인은 별것 아니라는 듯이 대답했다. 하지만 무병장수가 꿈인 사무진의 입장에서는 당최 이해가 되지 않는 말이었다.

그래서 눈을 동그랗게 뜰 때 노인이 한마디를 더 던졌다.

"근데 도중에 네놈을 만났지. 죽어도 진즉에 죽었어야 하는 놈인데 아직 목숨이 붙어 있더라고. 그래서 오래간만에 호기심이 생겼지."

이 노인, 그러니까 무명 노인의 말로는 정확히 석 달 만에 깨어난 것이라고 했다.

그리고 살짝 얼굴이 상기된 채 빨리 깨어나지 않아서 지겨워 죽을 뻔했다는 고백 아닌 고백도 했다.

다행히 홍연민이 있어서 조금 덜 지루했다는 말도 했고.

"생각보다 재밌는 놈이야."

"말재주가 좋기는 해요."

"그놈이 말재주가 좋아? 나한테 한 대 얻어맞고는 입을 꾹 다물고 있어서 그것까지는 몰랐는데."

"그럼 뭐가 재미있었는데요?"

"생긴 것은 영 아닌데 어울리지 않게 신기한 손재주가 있었어. 문신이라는 것 말이야. 생각보다 재미있더라고."

무명 노인은 그 말을 마친 뒤 자랑이라도 하듯 소매를 걷어 올렸다.

**마화 소향.**

그리고 노인답지 않게 주름 하나 없이 팽팽한 무명 노인의 오른쪽 팔뚝에는 마화 소향이라는 네 글자가 떡하니 새겨져 있었다.

"그게 누군데요?"

"내 첫사랑."

"보기와 달리 낭만적이시네요."

"무척 오래된 일이지만 아무래도 첫사랑은 잊혀지지가 않아."

"그건 그래요."

"먼저 간 지 벌써 백 년도 넘었어. 요즘 들어 이름을 자꾸 깜박해서 기억해 두려고 새겨두었지. 그리고 이건 내 새 애인."

심화 수란.

이번에는 왼쪽 팔을 걷어올렸다.

그리고 무명 노인이 내민 왼쪽 팔뚝에는 심화 수란이라는 네 글자가 새겨져 있었다.

"이름이 낯이 익네요."

"그래?"

"어디서 들어본 것 같은데."

"좀 예쁘기는 했어."

"그나저나 이분은 살아 계시나요?"

"아직 살아 있지."

"다행이네요."

"그런데 얼굴이 가물가물해. 그래서 얼굴도 그려놓았지."

"어디에요?"

"보여줄까?"

사무진이 호기심을 보이자 무명 노인의 표정이 밝아졌다.

"너 이리 좀 들어와 봐!"

그리고 문밖을 향해 소리를 질렀다.

그 외침을 듣고서 홍연민이 쭈뼛거리며 방 안으로 들어왔다.

그래도 용케 죽지 않고 멀쩡하게 살아 있는 홍연민이 반가워서 사무진이 웃음을 지을 때 홍연민은 슬픈 표정으로 상의를 벗었다.

"돌아봐!"

무명 노인의 명령에 홍연민이 몸을 돌렸다.

그리고 그의 등판에 큼지막하게 새겨진 여인의 얼굴을 보고 왜 홍연민이 저렇게 슬픈 표정인지 알 수 있었다.

"잘 그렸네요."

"내가 그렸어. 이제는 저놈보다 내가 실력이 낫지."

"축하드려요."

"네 공도 크지. 네 눈썹을 그리면서 연습을 좀 했으니까."

"자그마한 도움이 되었다니 기쁘… 잠깐, 잠깐만요."

무심코 대답하려다가 정신이 번쩍 들었다. 그래서 사무진이 억지로 몸을 일으켰다.

"지금 뭐라고 그랬어요?"

"네 눈썹을 그리면서 연습을 했다고."

"동경 없어요?"

"여기 있다."
미리 준비하고 있었다는 듯이 무명 노인이 앞으로 내민 동경에 비춰진 얼굴을 확인하고 사무진은 그대로 얼어붙어 버렸다.
조금 전 꺼낸 말처럼 무명 노인은 홍연민을 제치고 문신계의 일인자가 되었다고 자랑할 자격이 충분히 있었다.
무척이나 잘 그린 편이었다.
진하고 두꺼워서 무척이나 강렬한 느낌이 드는 눈썹.
솔직히 말하면 유령신마에게 밀리기 전에 원래 있던 눈썹보다도 사무진에게 훨씬 더 잘 어울리는 편이었다.
하지만 이번에는 새로운 문제가 생겼다.
그리고 그 문제는 눈썹의 색깔이었다.
검은색이 아니라 피처럼 진한 붉은색이었다.
그것을 확인하고서 망연자실한 표정을 짓고 있던 사무진이 결국 한숨을 내쉬었다.
"색깔이 왜 이래요?"
따지듯이 물었지만 무명 노인은 전혀 미안한 기색이 없었다.
그리고 뻔뻔하게 대답했다.
"고정관념을 버려. 꼭 눈썹이 검은색일 필요는 없으니까."
"그래도 이건 좀……."
"네가 잘 모르나 본데, 요즘 이게 유행이야."

이렇게 뻔뻔한 거짓말을 입술에 침도 바르지 않고 하다니.

이 노인은 아무래도 너무 오래 살아서 노망난 것이 틀림없었다.

그도 아니면 색맹이거나.

금선탈각.

무명 노인에게 물어보고 나서야 금선탈각의 의미를 깨달았다.

그리고 그 말의 의미를 깨닫게 된 순간, 사무진은 자신이 이용당했다는 것을 확신할 수 있었다.

그때 그 젊은 놈이 했던 말처럼.

비록 잔인하고 냉혹하기 그지없는 놈이었지만 거짓말을 한 것은 아니었다.

그리고 철무경과 허민규가 그런 선택을 내린 것은 아마 유가연을 안전하게 무림맹 안으로 돌려보내기 위함이었을 터였다.

어쨌든 사무진을 미끼로 버린 그들의 의도는 들어맞았다.

사도맹 놈들은 미끼를 덥석 물었으니까.

모든 것을 깨닫자마자 분노가 치밀었다.

그러나 더 화가 나는 것은 자신이 약했다는 것이었다.

아무것도 통하지 않았다.

생사판 염혼경과 부딪친 그때, 혈마옥 안에서 희대의 살인마들에게 배웠던 것들은 아무 도움도 되지 않았다.

그저 잡기에 불과했을 뿐.

"너, 마교의 교주였냐?"

분을 삭이지 못하고 거칠게 숨을 내쉬고 있을 때, 어디론가 사라졌던 무명 노인이 방 안으로 들어서며 갑자기 질문을 던졌다.

"그건……."

어떻게 알았을까?

의아한 마음이 들었지만 우선 본능적으로 대답을 피하려 했다.

마교의 교주라는 것을 인정해서는 안 된다는 본능적인 생각이 퍼뜩 들어서.

하지만 곧 멈칫했다.

언제까지나 피하고 도망칠 수는 없었다.

부족했지만, 그래 그때 그 젊은 놈의 말로는 쓰레기에 불과했지만 사무진은 마교의 교주니까.

그래서 더 이상 피하고 싶지 않았다.

"맞아요."

"역시 그랬구나."

무명 노인이 고개를 끄덕였다.

그런 무명 노인의 반응을 살피던 사무진이 조심스럽게 물었다.

"죽일 생각이세요?"

"내가 왜?"

"제가 마교의 교주라는 것을 알게 되었으니까요."

"그게 어때서?"

사무진의 예상은 빗나갔다.

무명 노인은 꼼짝도 하지 못하는 사무진을 죽이기는커녕 몇 개 남지 않은 이를 드러내며 환하게 웃었다.

"이건 비밀인데… 난 마교를 좋아해."

그리고 오히려 살아오면서 오랫동안 가슴 깊숙한 곳에 간직하고 있었던 비밀까지 털어놓았다.

"왜요?"

"멋있잖아."

"멋있다?"

"정파 놈들은 생각하는 것이 고리타분해. 기껏 하는 짓이라고는 무림맹이라는 단체를 만들어놓고서 쪽수로 밀어붙일 줄만 알지. 게다가 겉으로는 성인군자처럼 말하지만, 알고 보면 자기 뱃속 불리기에만 바빠. 그리고 요즘 들어 좀 잘나가는 사도맹 놈들은 음흉해. 겉으로야 패를 추구한다는 그럴싸한 말을 떠들고 다니고 있지만 알고 보면 뒤가 구린 일만 하고 있지. 아주 속이 시커먼 놈들이야. 그에 반해 마교는 낭만이 있었지. 무조건 지는 싸움이라는 것을 알아도 명분이 있으면 절대 피하지 않았지. 물론 좀 잔인한 면이 없지 않았지만 사실 그 정도는 흠도 아니지."

꽤나 장황한 무명 노인의 대답.

그리고 그 대답을 듣고 나자 왠지 기분이 뿌듯해졌다.

"그런데 제가 마교의 교주라는 것은 어떻게 알았어요?"

"마기가 느껴졌으니까."

"마기요?"

"그래, 그것도 아주 강력한 마기. 네 몸 속에 아주 강한 마기가 숨어 있는데 겉으로 드러나는 것은 미미하기 그지없었지."

사무진이 눈을 빛냈다. 몸 속에 존재하고 있다는 마기!

아직 그 존재조차도 제대로 파악하지 못하고 있던 마기라는 것에 대해서 흥미가 생겼다.

"궁금한 게 있는데요."

"뭔데?"

"제 마기는 왜 약하게 나타날까요?"

"글쎄다."

"그래도 이유가 있지 않을까요?"

"아마 천성 때문인 것 같다."

"천성이라면 타고난 성품요?"

"그래, 넌 너무 착해."

착하다는 말은 칭찬이었다.

그래서 자신도 모르는 사이 히죽 웃고 있는 사무진을 향해 무명 노인이 한심하다는 표정을 지었다.

"너 잘 모르나 본데, 요즘 세상에 착하다는 것은 칭찬이 아니야. 여자들도 나쁜 남자를 좋아한다니까."

무명 노인의 말이 옳았다.

너무 오래 살아서 반쯤 정신이 나간 것처럼 보이는 무명 노인이었지만 이번에 꺼낸 말은 틀리지 않았다.

요즘 착하다는 말은 칭찬이 아니라 욕이었다.

하지만 어쩔까.

천성은 타고난 성품이었다.

그리고 타고난 성품을 바꾸는 것은 불가능했다.

"솔직히 말해봐. 화나지?"

"뭐가요?"

"네 눈썹."

물론 조금 화가 났다.

기절해 있는 사이에 자신의 허락도 받지 않고 마음대로 피처럼 붉은색으로 눈썹을 그려놓았으니까.

그래도 이미 벌어진 일이었다.

나이도 많아서 지금 당장 죽는다 해도 전혀 이상하지 않은 노인에게 화를 낸다고 해서 달라질 것이 없다는 생각에 그냥 참고 있을 뿐이었다.

"그게 조금 화가 나기는 하지만 그냥 좋게 생각하기로 했어요. 그래도 아예 없는 것보다는 낫다고."

"너는 바로 그게 문제야."

"네?"

"화가 나면 화를 내야지. 왜 억지로 화를 삭이는 것이냐?"

"뭐, 화를 낸다고 해서 달라질 것도 없고 해서."

"억지로 삭이지 말고 화가 나면 화를 내라. 마기는 분노라는 감정에 민감한 것. 네 속에 있는 강한 마기가 폭발할 수 있도록."

무명 노인이 열변을 토해냈지만 사무진은 시큰둥했다.

"별로 화가 안 나는데요."

"그래?"

"뭐 그렇게 화를 낼 만한 일도 아니고. 억지로 참으면 못 참을 것 같지도 않은데."

더벅머리를 긁적이며 사무진이 꺼낸 말을 듣던 무명 노인이 히죽 웃음을 지었다.

마치 재미있는 장난감을 발견한 듯이.

"역시 넌 내 호기심을 일으킬 만하구나."

"그래서 좋으세요?"

"그럼. 아마 네가 처음이 아닐까 싶다."

"뭐가요?"

"착한 마교의 교주!"

"나쁘지 않네요. 마교의 교주가 꼭 나쁜 놈일 필요는 없잖아요."

"그럼, 물론이지. 다만……."

"다만 뭔데요?"

"역사상 가장 약한 마교의 교주가 되겠지."

그 말을 듣는 순간 갑자기 서글퍼졌다.

나쁜 교주가 되고 싶지는 않았지만 강한 교주는 되고 싶었다.

어느 누구 앞에서도 힘이 없어서 무릎을 꿇지 않는.

그래서 물었다.

"강해질 수는 없나요?"

"가능성은 있다. 네 속에 숨어 있는 강력한 마기를 끌어낼 수만 있다면."

"방법이 뭔데요?"

"그건 이제부터 찾아봐야지. 그리고 이건 비밀인데."

"또 뭔데요?"

"네 몸속에 숨어 있는 강력한 마기를 끌어내는 것을 내가 죽기 전에 마지막 할 일로 결정했다."

오래 살아서일까. 이런저런 비밀도 무척이나 많은 노인이었다.

어쨌든 무명 노인이 진심으로 즐거운 듯 또 한 번 히죽 웃음을 지었다.

사무진의 몸상태는 생각보다 훨씬 심각했다.

진득에 녹시 않았난 것이 이상해서 호기심이 생겼었다는

무명 노인의 말은 그냥 한 말이 아니었다.

정신을 차리고 난 뒤에도 정확히 한 달이라는 시간이 흐른 후에야 사무진은 마침내 자리를 털고 일어났다.

그리고 초옥 밖으로 나오자마자 무명 노인은 기다렸다는 듯이 눈을 빛내며 사무진의 앞으로 다가왔다.

"방법을 찾았어요?"

"그동안 몇 가지 생각해 둔 것이 있다."

"뭔데요?"

"그전에 하나만 묻자. 너 무공은 누구에게 배웠느냐?"

이미 마교의 교주라는 사실도 털어놓은 마당이었다.

그런 만큼 더 감출 것도 없었다.

그래서 사무진이 지체하지 않고 대답했다.

"희대의 살인마들, 아니, 마교의 장로들요."

"그렇게 말하면 알기가 쉽지 않은데."

"왜요?"

"마교의 장로들이 어디 한둘이었어야 말이지."

곤란하다는 듯이 가볍게 얼굴을 찡그리고 있던 무명 노인이 시커멓게 변색되어 있는 사무진의 왼손의 손톱을 보고 눈을 반짝였다.

"독마로구나."

"독마 노인도 알아요?"

"알지. 아직도 기억이 난다. 그놈이랑은 시비가 한 번 붙었다."

"어쩌다가요?"

"몰라. 그 당시엔 무척 중요했던 일 같은데 이젠 가물가물해."

"그건 그렇다고 치고, 어떻게 되었어요? 이겼어요?"

"그걸 질문이라고 하는 거냐?"

"졌어요?"

조금 실망한 듯한 사무진의 표정을 확인한 무명 노인이 삐딱하게 고개를 젖히고는 거만하게 대답했다.

"당연히 이겼지."

"정말요?"

"그럼 한주먹감도 안 되는 놈이었어."

"하지만……."

"그래, 이제 확실하게 기억이 나는구나. 그때 손톱을 날리고는 의기양양한 표정으로 소리쳤었지. 넌 이제 죽었다고."

"그런데요?"

"만독불침이라고 대답해 줬더니 똥 씹은 표정으로 변하더구나."

사무진이 히죽 웃음을 지었다.

무명 노인이 말하고 있는 그 광경을 떠올리다 보니 웃음이 실실 새어 나오는 것을 참을 수 없었다.

"그럼 검마 노인도 알아요?"

"알고말고. 검 한 자루를 어깨에 걸치고서는 세상의 고독이란 고독은 혼자 다 짊어진 뚱한 표정으로 돌아다니던 놈이었지."

"에이, 설마요."

"딴에는 그게 멋있다고 생각했던가 보지."

"그런데 좀 이상한데요. 검마 노인은 정이 많거든요. 그리고 검이 아니라 숟가락을 주로 사용하는데……."

"그새 치매라도 걸렸나? 하여간 요즘 젊은 놈들은 정신 상태가 글러먹었어. 고작 백 살도 안 산 주제에 치매나 걸리고 말이야. 맞다, 그런 소문이 돌기는 했었지. 다 늙어서 시작한 첫사랑에 실패하고 나서 살짝 맛이 갔다고."

무명 노인의 이야기를 듣다 보니 '첫사랑을 찾아줘' 라고 부탁하며 울던 검마 노인이 떠올랐다.

아무래도 거짓말을 하는 것 같지는 않았다.

그래서 궁금해졌다.

"혹시 색마 노인도 알아요?"

"색마?"

잘 기억이 나지 않는 듯 이마를 찌푸리고 있는 무명 노인을 위해 사무진이 슬쩍 살인미소를 날려주었다.

퍽.

그리고 무명 노인도 사내였다.

어김없이 무명 노인에게 한 대 얻어맞은 사무진이 울상으로 변할 때였다.

"그렇게 웃지 마라."

"왜요?"

"바보 같다. 그래도 덕분에 기억이 나는군."

무명 노인이 주름진 입매를 말아 올렸다.

"얼토당토않은 춤을 추던 놈이었지. 그런데 그놈 아직도 살아 있어? 그때 나한테 죽도록 얻어맞고서 뒈진 줄 알았는데."

"안 죽었어요. 요즘도 춤만 잘 추는데."

"그래?"

"그런데 왜 때렸어요?"

"감히 내 애인을 넘보려고 그랬거든."

무명 노인의 왼쪽 팔뚝에 새겨져 있던 '심화 수란'이라는 문신!

"심화 주수란!"

그제야 사건의 전모를 깨달은 사무진이 헤헤 웃었다.

색마 노인이 그런 부탁을 했던 데는 다 이유가 있었다.

"유령신마도 알아요?"

"그놈은 생생히 기억난다."

"그래요?"

"못생겼었거든."

"히히."

"가뜩이나 못생긴 주제에 눈썹까지 없었지. 속된 말도 숯도 아닌 놈이었는데 처음에 그놈 인상 보고 좀 쫄았었다."

이번 말은 이해가 갔다.

사무진도 처음에 유령신마를 보고 인세에 존재해서는 안 되는 괴물이라고 생각하며 꿈에 나올까 두려워했으니까.

"생긴 것이 기분 나빠서 몇 대 팼더니 아주 기겁을 하고 도망치더구나. 그래, 두더지같이 땅속으로 숨어들어 갔었지."

"심마 노인도 아세요?"

"글쎄, 처음 들어보는데."

"그래요?"

"그렇게 이름도 없는 놈까지 기억할 수는 없지."

"사실 존재감이 좀 없긴 해요."

사무진과 무명 노인의 대화 속에서 심마 노인은 순식간에 존재감이 없는 인물이 되어버렸다.

그리고 이제 남은 것은 뇌마 노인뿐이었다.

"마지막인데, 뇌마 노인은 아세요?"

"그 성질 더럽게 생긴 놈 말이냐?"

"생긴 것만 그런 것이 아니라 진짜로 성질이 더러워요."

"기억하지. 그때 뭐라고 그랬더라? 아, 이렇게 말했지. '비도 두 개면 천하에 가두지 못할 것이 없다' 라고."

"그래서 어떻게 됐어요?"

"어떻게 하긴. 비도 날리기 전에 죽도록 패줬지."

히죽히죽.

미친놈처럼 실실 웃음이 났다.

직접 본 것이 아니라 그냥 이야기를 듣는 것이 다인데도 불구하고 속이 시원해서 자꾸만 해실해실 웃음이 흘러나왔다.

아무래도 무명 노인은 둘 중의 하나인 것이 틀림없었다.

진짜 치매에 걸려 제정신이 아니거나, 엄청난 실력자이거나.

"그놈들에게 배운 건가?"

"맞아요."

"역시 그렇군. 하여간 마교 놈들은 그래서 안 돼."

"뭐가요?"

"교육 방법에 문제가 있단 말이야. 가르치려면 제대로 가르쳐서 내보내지, 건성건성 대충 가르쳐서 내보내니 이 모양이지."

"그건 그래요."

"요즘은 시절이 어수선해서 어설프게 배워서 설치다가는 쥐도 새도 모르게 죽어. 하긴 그래서 마교가 그렇게 폭삭 망했지."

사무진이 고개를 끄덕였다.

이번에 무명 노인이 꺼낸 말은 가슴에 와 닿았다.

"적어도 일검을 휘둘러서 산 하나를 날려 버리거나, 물 위에서도 삼 박 사 일 정도 자유자재로 걸어다니는 것 정도는 가르치고 내보냈어야죠."

그래서 사무진도 열변을 토해내며 동조했지만 무명 노인

이 이번에 보인 반응은 예상했던 것과 달리 시큰둥했다.

"지랄한다!"

"……?"

"그건 나도 못 해!"

사무진의 표정이 시무룩하게 변했다.

그런 그를 향해 무명 노인이 위로하듯 한마디를 건넸다.

"비슷한 것은 할 수 있지."

"정말이세요?"

반색하는 사무진에게 고개를 끄덕이며 무명 노인이 말했다.

"일단 한 판 붙자."

"진심이세요?"

"당연하지."

무명 노인은 신이 났다. 어린아이처럼 해맑은 웃음을 지은 채 어디서 구해왔는지 모를 짤막한 몽둥이 하나를 들고 눈을 빛내고 있었다.

그런 무명 노인을 바라보다 사무진도 품에서 숟가락을 꺼냈다.

"그게 무기냐?"

"이건 신병이기 숟가락!"

"낄낄. 역시 내 기대를 저버리지 않는구나."

나이에 어울리지 않는 교양없는 웃음소리를 들으며 사무진이 무명 노인과의 거리를 좁혔다.

그리고 사무진이 좌에서 우로, 횡으로 쓸듯이 숟가락을 휘두르는 순간, 무명 노인의 신형이 갑자기 사라졌다.

"어라?"

뒤통수에 느껴지는 서늘한 느낌.

그 서늘한 느낌이 점차 강해지며 아릿하게 변하기 시작했다.

'뭐가 이렇게 빨라?'

심마 노인과 석 달 동안 절벽을 노려본 후 지나가는 개미의 똥구멍이 벌렁거리는 것까지 보일 정도로 시력이 좋아진 사무진이었다.

하지만 그런 사무진으로서도 무명 노인의 번개 같은 움직임을 눈으로 좇아가는 것은 불가능했다.

하지만 사무진에게는 통감이 있었다.

통감으로 뒤통수 쪽으로 공격이 다가오고 있음을 깨닫고 서둘러 고개를 숙이려 했다.

딱.

하지만 빨라도 너무 빨랐다.

우선은 피해야겠다는 생각을 한 순간, 이미 무명 노인이 휘두른 뭉툭한 몽둥이에 뒤통수를 얻어맞은 후였다.

그리고 그것이 시작이었다.

무명 노인이 휘두르는 몽둥이는 쉬지 않고 사무진의 전신을 두들겼다.

'뭐가 어떻게 된 거야?'

혈마옥에서 보낸 시간이 삼 년에 접어들어 통감을 완전히 익힌 후로는 희대의 살인마들에게도 이렇게까지 일방적으로 얻어터지지는 않았는데.

비 오는 날 먼지가 날 정도로 맞았다.

더는 견디기 힘들어 바닥에 주저앉기 일보직전의 순간에야 무명 노인의 몽둥이 공격이 간신히 멈추었다.

"어때?"

"보기보다 강하네요."

솔직히 말했다.

하지만 무명 노인이 원한 대답은 그것이 아니었다.

"아니, 그게 아니라 화가 나지 않아?"

"뭐, 이 정도를 가지고……."

"아직 덜 맞았군."

무명 노인의 손에 들린 몽둥이가 다시 떨어져 내렸다.

그리고 이번에는 아까보다 더 아팠다.

맞은 곳을 또 맞았으니까.

꼬박 반 각에 걸쳐서 뼈가 욱씬할 정도로 얻어맞다 바닥에 주저앉고 나서야 무명 노인의 공격이 멈추었다.

"어때? 이제 좀 화가 나?"

"화가 나기는 하는데."

"그런데?"

"조금."

"조금으로는 부족해. 아직 덜 맞았어."

무방비 상태로 주저앉아 있는 사무진에게로 또다시 떨어져 내리는 몽둥이 세례.

이번에는 아예 피할 엄두도 내지 못하고 고스란히 맞았다.

그리고 그제야 슬슬 화가 나기 시작했다.

영문도 모르고 얻어맞는 것이 서러워지면서.

그와 동시에 가슴속에서 한 가닥 열기가 치달아 오르기 시작했다.

점차 그 열기가 강해지며 사무진의 얼굴도 덩달아 붉게 달아올랐다.

본격적으로 모습을 드러내는 마기!

그것을 느낀 듯 무명 노인도 눈을 반짝였지만 이내 실망으로 물들었다.

딱.

사무진의 맷집에도 한계가 있었다.

무명 노인이 마지막으로 휘두른 몽둥이에 뒤통수를 제대로 얻어맞은 사무진이 더는 견디지 못하고 기절해 버렸다.

"어떠냐? 효과가 있는 것 같지 않으냐?"

"있기는 한 것 같네요."

"네 몸 속에 숨어 있던 마기가 폭발했지."

"그렇긴 한데요. 아무리 생각해 봐도 이건 좀 문제가 있네요."

사무진이 길게 한숨을 내쉬었다.

무명 노인의 말처럼 분명히 효과는 있었다.

한순간 분노가 치밀어 오르며 가슴 깊숙한 곳에 숨어 있던 마기가 폭발한다는 느낌을 사무진도 받았으니까.

그러나 치명적인 단점이 존재했다.

"마기가 폭발하기 전에 먼저 죽을 것 같은데요."

그리고 그것은 무명 노인도 부인하지 않았다.

"그건 그렇군."

"진짜 싸울 때는 목검이 아니고 진검일 텐데."

"운이 좋으면 팔 하나 떨어지고 나서 마기가 폭발하지 않을까?"

"자기 팔 아니라고 너무 쉽게 말하는 것 아니에요?"

"낄낄!"

"다른 방법은 없어요?"

"잠시만 기다려라."

사무진의 말이 끝나기 무섭게 무명 노인이 또 어딘가로 움직였다.

그리고 얼마 지나지 않아 무명 노인은 자루 하나를 들고 돌아왔다.

"이건 뭐예요?"

"놀라지 마라."

"아직 저를 잘 모르시네요."

"응?"

"제가 웬만한 일에는 놀라지 않아요."

"이걸 보고도 그럴까?"

무명 노인이 자루를 열었다.

그리고 열린 자루 위로 뭔가가 튀어 올라왔다.

슈수수, 슈수슷.

짧고 붉은 혓바닥을 낼름거리는 뱀 한 마리.

그리고 신기하게도 그 뱀은 몸통은 하나였지만 머리는 두 개였다.

하지만 무명 노인의 기대와 달리 사무진의 반응은 시큰둥했다.

"뱀이네요."

"그냥 뱀이 아니다."

"그냥 뱀이 아니면 용이라도 돼요? 용치고는 좀 작은데."

"그 유명한 흑백쌍두사다!"

"유명해요?"

"그럼, 이놈 잡느라 내가 얼마나 고생한 줄 아느냐?"

"글쎄요. 머리가 두 개라는 것이 조금 특이하기는 하네요. 그런데 이걸로 어떻게 한 생각이세요?"

"물게 할 생각이다."

"날 물게 할 거라구요?"

"그래, 이놈은 독기가 아주 강하지. 그 독기를 이용해서 네 몸 속에 숨어 있는 마기를 자극시키는 방법이지."

"될까요?"

"왜? 겁 나느냐?"

"그건 아니지만 별로 효과가 없을 것 같은데."

"그야 두고 보면 알지."

시큰둥한 사무진의 반응이 마음에 들지 않아서일까? 무명 노인이 흑백쌍두사를 사무진에게 거칠게 집어 던졌다. 그러나 기세 좋게 날아가던 흑백쌍두사는 사무진의 발 앞에 떨어지자마자 기다렸다는 듯이 두 개의 머리를 푹 수그렸다.

그리고 꿈쩍도 하지 않는 흑백쌍두사를 보던 무명 노인이 이해가 가지 않는 듯 고개를 갸웃하며 다가왔다.

"얘 왜 이래?"

"보기보다 얌전한데요."

"겨울잠을 자던 것을 억지로 잡아와서 이런가?"

흑백쌍두사의 머리를 번갈아 가며 툭툭 때리고 있는 무명 노인을 보던 사무진이 실소를 흘렸다.

조금 전까지만 해도 혓바닥을 날름거리며 세모눈을 빛내고 있던 흑백쌍두사가 갑자기 죽은 척하고 있는 이유는 하나였다.

바로 사무진이 만독불침이기 때문이었다.

하지만 무명 노인이 그것을 알 리가 없었다.

그래서 어서 정신 차리라고 열심히 흑백쌍두사의 머리를 때리고 있는 무명 노인을 바라보던 사무진이 제안했다.

"그냥 구워 먹죠."

"그래도 명색이 영물인데."

"영물은 못 먹어요?"

"아니, 그건 아니지. 그럼 그럴까?"

흑백쌍두사는 아주 노릇하게 구워졌다.

그리고 하얀색 머리는 사무진의 뱃속으로, 검은색 머리는 무명 노인의 뱃속으로 사이좋게 사라졌다.

"맛이 괜찮네요."

"그렇지?"

"고생하신 보람이 있네요."

"영물이라서 그런지 더 맛있는 것 같군."

기분 좋게 배를 두드린 무명 노인이 몸을 일으키는 것을 보고서 사무진이 걱정스런 표정으로 물었다.

"이제 방법이 없나요?"

"그럴 리가 있느냐? 아직 최후의 방법이 남아 있다."

"그게 뭔데요?"

"반복 학습!"

"반복 학습이라…… "

무명 노인이 자신있게 꺼내는 대답을 들었지만 이번에는 대체 어떤 방법인지 전혀 감이 오지 않았다.

그래서 가만히 눈을 껌벅이고 있자 무명 노인이 다시 입을 열었다.

"너 내 나이가 몇인 줄 아냐?"

"글쎄요."

"솔직히 나도 잘 기억이 안 나는데. 족히 삼백은 될 거야."

역시 대단한 노인이다.

무병장수라는 사무진의 꿈을 먼저 이룬 장본인이기도 했고.

"그리고 이 나이까지 살면서 깨달은 불변의 진리가 하나 있지."

"그게 뭔데요?"

"낄낄! 매에는 장사가 없다는 것이지. 그것도 지속적인 매 앞에서는."

또다시 나이에 어울리지 않는 교양없는 웃음을 흘리고 있는 무명 노인을 보다 보니 슬슬 불안해지기 시작했다.

"그래서 대체 어쩔 건데요?"

"그 방법에 대해서 말해주기 전에 하나만 묻자. 네가 살아오면서 가장 화가 났던 순간이 언제냐?"

"글쎄요……."

뜻밖의 질문을 받은 사무진이 골똘히 생각에 잠겼다.

눈앞의 무명 노인에 비해서는 짤막하기 그지없는 인생이

었지만 그래도 굴곡이 없지는 않았다.

눈을 감고서 찬찬히 되짚어보자 몇 개의 사건이 떠올랐다.

첫사랑이었던 요선이가 조건이 좋은 다른 놈에게 시집을 갔던 사건.

불알 친구인 일춘이 놈이 술김에 흘린 허위 정보에 속아 무림맹의 담을 넘다가 억울하게 혈마옥에 갇힌 사건.

그리고 혈마옥에 갇힌 채 성격이 지랄 맞기 그지없는 희대의 살인마들에게 죽기 직전까지 괴롭힘을 당했던 사건.

얼마 전 힘이 없어서 새파랗게 젊은 사도맹 놈에게 수모를 당했던 사건까지.

그 가슴 아팠던 사건들을 떠올리다 보니 가슴속 한구석에서 슬그머니 열기가 솟구치기 시작했다.

그리고 아무리 생각해도 가장 화가 났던 순간은 얼마 전 염혼경이라는 노인과 함께 있던 젊은 놈에게 수모를 당했던 것이었다.

그놈의 발에 머리가 짓밟힌 채 마교와 더불어 쓰레기라는 이야기를 들은 순간만큼 화가 난 적은 없었다.

그래서 대답하려는 순간, 무명 노인이 먼저 입을 뗐다.

"그게 다냐?"

"혹시 오래 살다 보면 독심술도 펼칠 수 있는 거예요?"

"그럴 리가 있나. 그냥 네게서 뿜어져 나오는 마기의 양을 보고 짐작한 거지."

그 젊은 놈에게 당한 순간을 떠올리자 분노가 치솟았고, 그 분노로 인해 마기가 민감하게 반응했다.

그리고 무명 노인은 반응을 보인 마기의 양을 살피고 말한 것이었다.

"이번에는 좀 강했던 것 같은데."

"이 정도로는 어림없어."

"그래요?"

"네 속에 숨어 있는 마기의 일 할도 끌어내지 못했으니까."

"그럼 이제 어떻게 하죠?"

답답한 마음에 사무진이 던진 질문을 듣던 무명 노인이 걱정하지 말라는 듯이 대답했다.

"화를 내지 않고는 배길 수 없는 가슴 아픈 기억을 만들면 된다."

쾅.

폭음이 터져 나왔다.

그리고 사무진이 두 팔로 안아도 모자랄 거대한 아름드리나무의 둥치가 무명 노인이 날린 장력에 실린 힘을 견디지 못하고 박살 나며 뒤로 넘어갔다.

어이가 없다는 눈빛으로 뒤로 넘어가는 아름드리나무를 바라보던 사무진이 무명 노인에게 고개를 홱 돌렸다.

"낄낄, 피했어?"

"진짜 죽일 생각이에요?"

"너 재주가 용하다."

"뭔 소리예요?"

"이거 피하는 것 쉽지가 않은데. 웬만한 놈들은 장력이 다 가온다는 것도 깨닫지 못하고 멍하니 서 있다 얻어맞고서 뒈져 버리거든."

"……."

"대충 배우기는 했지만 그래도 기본은 어느 정도 잡혀 있어. 어디 한번 더 피해봐."

다시 한 번 날아들기 시작하는 무명 노인의 장력들!

어차피 눈에는 보이지 않았다.

통감에 의존해서 용케 몇 번은 피해냈지만 슬슬 발이 꼬이기 시작했다.

그리고 결국 한 대 제대로 얻어맞고 맞았다.

그 장력에 얻어맞고 실 떨어진 연처럼 날아간 사무진은 나무 둥치에 부딪치고 나서야 겨우 멈추었다.

그리고 입가를 붉게 물들인 채 대자로 뻗어 있는 사무진의 곁으로 다가온 무명 노인이 속삭였다.

"견딜 만하지?"

"……."

"혹시 죽은 척하는 거야?"

" ."

"그러다 진짜 죽는다!"

쾅.

조금 전까지 사무진이 대자로 뻗어 있던 땅바닥이 들썩였다.

그리고 몇 바퀴나 옆으로 굴러서 간신히 무명 노인이 펼친 장력을 피해낸 사무진이 소리쳤다.

"대체 왜 이래요?"

"낄낄. 아직 주둥아리를 놀릴 힘이 있는 것을 보니 견딜 만하구나. 죽기 싫으면 죽을힘을 다해 피해라."

작정한 듯 무명 노인의 손속에는 인정사정이 없었다.

그리고 방법이 없었다.

죽지 않으려면 죽을힘을 다해서 피하는 수밖에는.

발바닥에 물집이 잡힐 정도로 뛰어다녔다.

그렇게 하루 종일 숨돌릴 틈도 없이 정신없이 뛰어다니다 보니, 하늘이 노랗게 보이기 시작했다.

그러나 지칠 대로 지친 사무진과 달리 무명 노인은 조금도 지친 기색이 아니었다.

오히려 시간이 지날수록 힘이 더 샘솟는 것처럼 보였다.

"난 더는 못 해요."

"낄낄."

이제는 정말 체력의 한계였다.

정말 한 발자국도 더 뗄 힘이 없었기에 사무진은 아예 눈을 감아버렸다.

"죽일 테면 죽여요."

"그럼 죽어!"

슬쩍 실눈을 뜨고 살피던 사무진이 눈을 치켜떴다.

"독한 영감!"

진짜로 장력이 밀려왔다.

무명 노인의 장력에 제대로 얻어맞은 사무진의 신형이 다시 한 번 실 떨어진 연처럼 허공을 날았다.

뚝. 뚝.

얼굴 위로 뭔가가 떨어졌다.

비라도 내리는 건가 하는 생각을 하며 눈을 뜬 사무진에게 보이는 것은 무명 노인이 뭔가를 들고서 히죽 웃는 모습이었다.

"입 벌려."

"그게 뭔데요?"

"맞을 땐 맞더라도 뭘 좀 먹으면서 맞아야지."

"눈물나게 고맙네요."

시키는 대로 입을 벌렸다.

정말 갈증이 나서 견디기 힘들었기에.

똑. 똑.

사무진이 벌린 입 안으로 무즙 같은 것이 떨어졌다.

그리고 별다른 의심 없이 목구멍으로 삼킨 찰나, 사무진은 눈을 치켜뜨는 것으로 모자라 펄쩍 뛰었다.

그냥 무즙이 아니었다.

뭔지는 정확히 몰라도 꿀꺽 하고 삼킨 순간 마치 목구멍이 타들어가는 듯한 느낌이 들었다.

도대체 뭘 준 거냐고 따지고 싶었지만 말도 새어 나오지 않았다.

그륵. 그륵.

그리고 고통을 참지 못하고 펄쩍펄쩍 뛰고 있는 사무진을 바라보던 무명 노인이 기쁜 표정을 지었다.

"갈근산이다."

"……?"

"어떻게, 목구멍이 탈 것 같지? 조금 지나면 갈증이 몇 배는 더 심해질 거다. 그래도 역시 원기 회복에는 최고의 효과가 있어. 힘이 넘쳐서 펄쩍펄쩍 뛰는 것을 보니. 그럼 다시 시작할까?"

무명 노인이 오른손에 쥐고 있던 목검을 들어 올렸다.

그리고 대체 뭔 소리를 하고 있는지 제대로 알아듣지도 못하고 있는 사무진에게 사정없이 목검을 휘두르기 시작했다.

목구멍이 타는 듯한 갈증과 정신없이 쏟아지는 목검 세례.

"진짜… 왜 이래요?"

"어때? 이제 좀 화가 나냐?"

"꼭 이렇게까지 해야 돼요?"

서서히 끓어오르는 화를 간신히 삭히며 사무진이 던진 말을 들은 무명 노인의 얼굴에 떠올라 있는 웃음이 짙어졌다.

그리고 한마디를 덧붙였다.

"넌 아직 멀었다."

# 第二章

## 의심(疑心)

共同
傳人
공동전인

한여름도 아닌데 마치 하늘에 구멍이 난 것처럼 억수같이 쏟아지던 빗줄기가 거짓말처럼 멈추었다.

먹구름 사이로 붉은 해가 모습을 드러냈다.

그리고 산등성이에 걸려 있는 일곱 빛깔 무지개를 넋을 놓은 채 바라보고 있던 사무진의 곁으로 다가온 홍연민이 주저앉았다.

"견딜 만한가?"

"죽을 지경이에요."

어깨에 둘러메고 있던 망태기를 아무렇게나 내팽개치며 던지는 홍연민의 질문에 사무진이 힘없이 대답했다.

"얼굴이 많이 상했군."

"그나마 얼굴이 제일 멀쩡해요."

"뭐라고 위로할 말이 없군."

"그래도 많이 나아진 편이에요. 요즘은 가끔씩 피하기도 하니까."

"축하하네."

"축하하기는 일러요. 내가 슬슬 피한다는 것을 눈치챈 다음부터 노인네가 아주 신이 났어요. 어제는 백 년 만에 꺼내는 비장의 필살기라면서 날린 주먹에 얻어맞아서 밤새 끙끙 앓았는데요."

"죽지 않은 것만 해도 어딘가?"

"그러게요. 아저씨도 고생이 많죠?"

홍연민이 고개를 푹 수그렸다.

그리고 사무진의 앞으로 양손을 내밀었다.

검게 변색되고 말라비틀어진 데다가 거북이의 등짝처럼 군데군데 갈라진 흔적이 역력한 홍연민의 손등.

"손톱이 다 빠졌어."

"어쩌다 이렇게 됐어요?"

"아주 못된 영감이야. 호미라도 하나 줄 것이지."

"……."

"꽁꽁 얼어붙은 땅을 맨손으로 파헤치는데 별수가 있나. 발도 동상이 걸려서 시커멓게 변해 버렸어."

생각할수록 서러운 듯 소매를 들어 눈물을 훔치고 있는 홍연민의 어깨를 사무진이 팔을 들어 감쌌다.

동병상련!

만난 지 얼마 되지는 않았지만 무명 노인에게 혹독하게 시달리다 보니 어느새 둘 사이의 우정은 아주 돈독해졌다.

"오늘은 뭘 좀 캤어요?"

홍연민이 벗어놓은 망태기를 흘깃 살피며 사무진이 던진 말에 홍연민이 힘없이 고개를 흔들었다.

"손가락만 한 도라지 몇 뿌리 캔 것이 전부야."

"오늘도 조용히 넘어가기는 힘들겠네요."

"오늘까지 갈근산 열 뿌리와 천년설삼 한 뿌리를 캐오지 않으면 팔 병신을 만들어 버리겠다고 했는데."

"자기가 뱉은 말은 무슨 일이 있어도 지키는 지독한 영감이에요. 그래도 오른팔은 그냥 놔두라고 부탁해 봐요."

"……?"

"밥은 먹고 살아야 하니까."

사무진의 따뜻한 위로를 듣자마자 지금까지 애써 참고 있던 홍연민의 눈물이 봇물처럼 터져 나왔다.

"차라리 죽고 싶네."

"그래도 살아야죠."

"이렇게 사느니 죽는 편이 낫지. 안 그런가?"

홍연민이 절규하듯 내뱉는 말을 듣고서 사무진도 덩달아

낯빛이 어두워졌다.

무병장수가 꿈이었는데 무명 노인에게 시달리고 난 후부터 그 생각이 조금씩 바뀌고 있었다.

짧고 굵게 사는 편이 낫겠다는 쪽으로.

"자네."

"왜요?"

"내게 좋은 생각이 있네."

"뭔데요?"

"무명 노인을 죽이세."

홍연민이 진지하게 꺼낸 말을 듣고서 사무진이 눈을 깜박였다.

그리고 내키지 않는 표정으로 대답했다.

"그래도 생명의 은인인데."

"어허. 사람이 이렇게 물러 터져서 어디에 쓰겠나?"

"하지만……."

"모르겠나? 저 영감은 우리를 노리개로 생각하고 있어. 아마 조금 더 지나서 홍미가 사라지면 미련없이 우리를 죽일 거야. 그러니 그전에 우리가, 아니, 엄밀히 말하면 자네가 먼저 죽여야만 하네."

듣고 보니 일리가 있었다.

"토사구팽(兎死狗烹)이란 말을 알고 있나?"

"그야 알고 있죠."

"한 번으로 족하지 않나? 두 번씩이나 토사구팽을 당하고 싶은가?"

물론 그러고 싶지 않았다.

한 번 당했던 것만으로도 충분히 마음이 아팠으니까.

"어떻게 할 수 있겠나?"

"해볼게요."

"잘 생각했네. 우리에게 더는 물러설 곳이 없어."

홍연민의 눈빛에는 절박한 감정이 담겨 있었다.

그리고 사무진은 동병상련(同病相憐)의 아픔을 겪고 있는 홍연민의 눈빛을 외면할 수가 없었다.

무명 노인은 손재주가 있었다.

어디로 사라졌는지 잠시 보이지 않는다 했더니 나무를 깎아서 그럴듯하게 생긴 창을 만들어왔다.

그리고 홍연민과 함께 앉아 있는 사무진을 보고서 기쁜 표정을 감추지 않았다.

"너 요즘 맷집이 부쩍 좋아졌다."

"칭찬인가요?"

"그럼. 솔직히 죽을 줄 알았거든."

무명 노인의 대답을 듣고서 홍연민과 시선을 교환했다.

'역시 내 말이 틀리지 않았지' 라고 말하고 있는 홍연민의 눈빛을 마주하고서 사무진이 고개를 끄덕였다.

"이번에는 웬 창이에요?"

"너는 잘 모르겠지만 원래 내 병기는 창이었어. 이번에는 백오십 년 만에 펼치는 비장의 필살기를 준비해 왔지."

어서 펼쳐 보고 싶어서 안달이 난 듯한 무명 노인을 보던 사무진도 품속에서 숟가락을 꺼내 힘껏 움켜쥐었다.

홍연민의 말이 맞았다.

토사구팽을 당하는 것은 한 번으로 족했다.

더 이상 무명 노인의 노리개가 되고 싶은 마음은 없었다.

"오호. 너 눈빛이 좋아졌다."

그 결의가 눈빛으로 표출된 것일까.

사무진을 바라보던 무명 노인이 감탄성을 토해냈다.

"그래서 마음에 들어요?"

"그래. 이제 정신을 조금 차린 것 같구나."

기꺼운 표정으로 무명 노인이 창을 들어 올렸다.

"내 비장의 필살기였던 용연창법이다. 어디 막을 수 있으면 막아보거라!"

사무진이 눈을 부릅떴다.

무명 노인은 그저 창을 들고서 앞으로 내밀고 있는 것이 다였다.

하지만 사무진이 익힌 통감!

가슴의 한 점이 아니라 온몸이 저릿하는 느낌이 들었다.

파환수라권(破環修羅拳)!

얼마 전 일백 년 만에 펼치는 필살기라고 했던 파환수라권을 상대할 때도 이 정도로 아릿한 느낌이 들지는 않았는데.

"황룡출세(黃龍出世)!"

'이번에는 진짜 죽을지도 모른다!'

본능적으로 느꼈다.

그리고 그것을 느낀 순간, 무명 노인의 오른손에 들려 있던 황죽으로 만든 목창이 움직이기 시작했다.

그 목창을 상대하기 위해 숟가락을 움켜쥔 손에 힘을 더하던 사무진이 왼손을 들어 눈을 비볐다.

아까 무명 노인이 꺼냈던 황룡출세라는 이름!

그냥 멋으로 붙인 것이라고 생각했는데 아니었다.

다가오던 목창의 창두에 어리기 시작한 아지랑이 같던 기운이 어느새 하나로 뭉치며 한 마리 용으로 변했다.

그리고 포악하기 그지없는 황룡의 기세는 혈마옥에서 자주 만났던 호랑이 따위와는 차원이 달랐다.

감히 대적할 엄두도 나지 않을 정도였다.

하지만 무명 노인과의 몇 개월에 걸쳐 이어진 비무를 통해서 사무진도 이전과는 비교할 수 없을 정도로 달라졌다.

통감에 의해 공격이 오는 방향을 깨닫고 피하기 위한 본능적인 움직임은 물 흐르듯이 자연스러웠다.

목덜미를 물어뜯을 흉포한 기세로 입을 벌리고 다가오던 황룡의 공격을 간발의 차이로 피해내기 황룡이 다시 서슬어진 기세로 몸을 돌렸다.

물론 사무진도 순순히 당하지는 않았다.

그 와중에 사무진이 휘두른 숟가락이 빛살 같은 속도로 황룡의 머리통을 후려쳤지만, 그건 그저 황룡의 화를 돋우웠을 뿐이었다.

잔뜩 벌린 황룡의 입에서 붉은 화염이 쏟아졌다.

도무지 피할 공간을 허용하지 않는 붉은 화염!

화염 속에 갇힌 채 사무진이 죽을힘을 다해 숟가락을 휘둘렀다.

그러나 중과부적(衆寡不敵)이었다.

사무진이 휘두른 숟가락에서 뿜어져 나온 미약한 기운으로는 어림도 없었다.

황룡이 뿜어낸 화염의 기세는 조금도 약해지지 않고 그대로 사무진을 덮쳤다.

그 힘을 감당하지 못하고 몇 장이나 날아간 사무진이 바닥에 대자로 드러누웠다.

"너무 셌나? 이번에는 진짜 죽을지도 모르겠군. 그동안 재밌었는데."

하아. 하아.

거친 한숨을 토해내며 바닥에 드러누워 있던 사무진의 귓가로 무명 노인이 아쉬운 기색으로 꺼내는 말이 들려왔다.

그리고 간신히 고개를 돌리자 망연자실한 표정으로 바라

보고 있는 홍연민과 시선이 부딪쳤다.

사무진이 죽었다고 생각해서일까.

멍하니 서 있던 홍연민이 질끈 입술을 깨무는 것이 보였다.

그리고 무명 노인에게 망태기를 집어 던지는 것도.

망태기와 함께 날아가는 도라지 몇 뿌리.

"죽어라, 이 못된 영감!"

뒤를 이어 바닥에서 큼지막한 돌멩이를 움켜쥐고서 무명 노인을 향해 돌진하는 홍연민을 보자 사무진은 진심으로 화가 났다.

무공도 모르는 홍연민이 저렇게까지 나서는데 이렇게 멍하니 누워 있어서는 안 된다는 생각이 들었다.

그리고 입가에서 피를 뿜으며 달려들어 가던 속도보다 훨씬 빠르게 뒤로 날아가는 홍연민을 보고서 가슴이 뜨거워졌다.

"둘 다 그만 죽어라!"

주체할 수 없을 정도의 열기.

두근두근.

사무진의 심장이 미친 듯이 뛰기 시작했다.

혈도를 따라 흐르고 있는 피의 흐름이 급격하게 빨라지며 눈앞이 아찔해졌다.

그리고 조금 전까지만 해도 손가락 하나 움직이지 못할 것 같았던 온몸에 힘이 넘치기 시작했다.

"호오!"

의외라는 듯 무명 노인의 입에서 흘러나오는 감탄성을 들으며 사무진이 힘겹게 몸을 일으켰다.

다시 한 번 다가오는 황룡이 뿜어내는 화염.

하지만 조금 전과는 느낌이 달랐다.

—앞을 가로막는 것은 무엇이든 베어낼 수 있다.

가슴속에 숨어 있는 누군가가 소리치는 것만 같았다.

그리고 그 외침에는 묘한 힘이 있었다.

진짜로 그렇게 할 수 있을 것이라는 믿음을 주는.

숟가락을 쥔 손에 힘을 더했다.

그 순간 사무진의 손에 들려 있던 신병이기 숟가락이 길어졌다.

검마 노인이 호랑이를 잡을 때보다 두 배나 길어진 신병이기 숟가락이 위에서 아래로 떨어져 내렸다.

황룡이 토해냈던 화염이 거짓말처럼 반으로 갈라졌다.

그리고 그것이 끝이 아니었다.

사무진의 손에 들린 신병이기 숟가락은 포효하고 있던 황룡의 머리까지 반으로 자르고 지나간 다음에야 멈추었다.

툭.

무명 노인이 황죽으로 정성껏 만들어온 창이 반 토막이 났다.

망연자실한 눈으로 무명 노인이 반 토막이 난 목창을 바라볼 때, 검처럼 길어졌던 신병이기 숟가락도 사무진의 발치로 떨어졌다.

일순 조용해진 장내.

사무진이 멍하니 숟가락을 바라보았다.

홍연민도 입을 쩍 벌린 채 길어진 숟가락을 바라보았다.

그리고 한참만에야 사무진과 무명 노인의 시선이 부딪쳤다.

"그래, 그 눈빛이다."

"쓸 만했나요?"

"꽤나 쓸 만했어."

"진짜요?"

여전히 격렬하게 뛰고 있는 심장.

오른손에 쥐여진 숟가락을 물끄러미 바라보던 사무진이 좌에서 우로 휘둘렀다.

"너는 역사상 가장 강한 마교의 교주가 될 것이다."

몇 그루나 되는 아름드리나무가 동시에 바닥으로 쓰러지는 것을 바라보던 사무진과 무명 노인의 입가에 동시에 웃음이 떠올랐다.

무명 노인의 말은 틀리지 않았다.

혹시나 마기가 폭발하는 것이 이번 한 번이 마지막인 것은 아닐까 했던 걱정은 기우에 불과했다.

도저히 화를 내지 않고는 배길 수 없는 아픈 기억을 떠올릴 때마다 심장이 두근거리며 마기가 폭발했다.

그리고 그제야 만족스런 표정을 짓고 있는 무명 노인은 자신의 절기를 전수하기 시작했다.

백 년 만에 펼치는 필살기라고 말했던 파환수라권.

백오십 년 만에 펼치는 필살기라고 말했던 용연창법.

"두 개밖에 없어요?"

"왜, 부족하냐?"

"그렇게 오래 살았다면서 고작 절기가 두 개밖에 없는 건가 하는 생각이 들어서요."

그리고 사무진이 의심쩍은 표정으로 꺼낸 질문을 들은 무명 노인이 웃으며 대답했다.

"원래는 많았지."

"그런데요?"

"오래 살다 보니 다 잊어버렸어. 지금 기억나는 것은 이 두 개뿐이야. 하지만 파환수라권과 용연창법만으로도 한평생 살아가는데 큰 어려움은 없었다."

그 설명을 듣고 수긍한 사무진이 고개를 끄덕이자 무명 노인이 설명을 시작했다.

"파환수라권은 크게 세 가지 초식으로 이루어져 있다. 단파삼권과 경천이권세, 그리고 파천무극권이 그 세 가지 초식이지."

"초식이 세 개가 다예요?"

"그거면 충분하다. 근접전에는 단파삼권이 유용하고, 적당히 거리가 떨어져 있을 때는 경천이권세, 그리고 마지막 초식인 파천무극권은 거리에 상관없이 사용이 가능하니까."

파환수라권에 대해 설명하는 무명 노인의 목소리에는 자부심이 가득했다.

그리고 지금껏 보지 못한 진중한 눈빛을 확인한 사무진도 더는 장난치지 못하고 무명 노인이 일러주는 구결을 경청하기 시작했다.

파환수라권에 이어 용연창법까지.

사무진은 진지하게 수련에 임했다. 그리고 다시 몇 달의 시간이 흘러갔다.

"너, 재능이 있다."

"그 칭찬에 인색한 마교의 장로들도 인정했다니까요."

"내 밑천을 다 가져갔어."

"밑천이라고 해봐야 두 개밖에 더 있어요. 파환수라권(破環修羅券)하고 용연창법(龍然創法)."

"하나 더. 천지미리보(天地迷離步)도 가져갔어."

"내가 언제요?"

"얻어맞지 않으려고 죽도록 도망치면서 네 몸이 익혔어. 아마 어디 가서 얻어터지지는 않을 게다."

"얻어터지면 안 되죠. 그래도 명색이 마교의 교주인데."

"아직 완벽하게 네 것이 되지는 않았지만 그 정도면 현 강호에서 눈치 안 보고 기침 정도는 할 실력이 될 것이다."

"강호에는 생각보다 고수가 많네요."

"그래 봤자 백지 한 장 차이일 뿐이야. 그럴 일은 자주 없겠지만 너보다 강한 자를 만났을 때는 두 가지만 기억해라."

"뭔데요?"

"우선 겁먹지 마라."

뭔가 대단한 말이 나올 것이라 생각했던 사무진이 실망한 눈빛을 보냈다.

그 눈빛을 확인한 무명 노인이 보충 설명을 해주었다.

"겁을 먹으면 긴장하게 되고 있던 실력조차 제대로 나오지 않는다. '까짓것 죽기밖에 더하겠어' 라는 마음가짐으로 싸워라."

"그러다 죽으면요?"

"네 명이 거기까지지."

역시 무명 노인은 무책임했다.

하지만 그 말이 왠지 마음에 와 닿았다.

염혼경과의 대결을 되짚어보니, 처음 그 장력을 한 대 얻어맞고 난 뒤에 긴장으로 인해서 얼마 없는 실력조차도 제대로 펼치지 못했었다는 자책이 들었다.

그래서 사무진이 그 말을 가슴속에 새겨 넣을 때, 무명 노인이 다시 입을 뗐다.

"두 번째는 마음가짐이다."

"마음가짐요?"

"아무리 고수라고 해도 칼에 급소를 찔리면 죽는 것은 마찬가지야. 그래서 의지가 중요해. 급소에 칼이 찔리기 전에 내가 먼저 찔러야겠다는 의지. 그 의지가 바로 마음가짐이야. 백지장 한 장 차이 정도는 누가 의지가 강한가에 따라 뒤집히고도 남거든."

"그럴듯하네요."

"알아들었으면 됐다. 그나저나 아직도 무병장수가 네 꿈이냐?"

"아니요."

"왜 꿈이 변했느냐?"

"오래 사는 것도 좋은 것만은 아닌 것 같아서요."

"그래, 오래 산다는 것은 무척이나 괴로운 일이다."

"왜요?"

"외로워지기 때문이지."

"……?"

"그리고 가까운 사람들이 먼저 떠나가는 것을 곁에서 지켜보는 것은 생각보다 훨씬 더한 아픔으로 다가온다."

왠지 씁쓸한 눈빛.

그리고 알 듯 말 듯한 이야기

하지만 하나는 확실히 알 수 있었다.

이제는 무명 노인과 헤어질 시간이라는 것을.

"그래, 그럼 이제 네 꿈은 무엇으로 바뀌었느냐?"

"호의호식!"

"호오!"

"그리고 마교 재건!"

무명 노인의 입가에 웃음이 떠올랐다.

"재밌겠구나."

"무척 재밌을 거예요."

"하나만 물어보자."

"두 개 물어도 괜찮아요."

"하나면 충분하다. 네가 갇혀 있었던 곳이 혈마옥이라고 했지? 거기에 있는 마교의 장로들은 왜 세상으로 나오지 않을까?"

"안 나오는 게 아니라 못 나오는 거예요."

"확실해?"

"그게… 아마도……."

"너, 궁금하지 않아? 내가 왜 이 고생을 하면서 네 마기를 끌어내려고 했는지."

"고생이 아니라 즐기셨던 것 아닌가요?"

"눈치챘냐? 어쨌든."

"제 얼굴이 호감이 가게 생겼잖아요."

"좀 더 맞을래?"

"잘못했어요."

"이유는 하나. 천중악, 그놈이 마음에 들지 않았기 때문이다."

"천중악? 그게 누군데요?"

"그놈들이 말해주지 않았어?"

"못 들었는데요."

"나쁜 놈들. 그놈들에게 전해, 앞으로 내 눈에 띄지 말라고."

"어차피 볼 일도 없어요. 그보다 대체 천중악이 누군데요?"

"마교 교주!"

"그렇구나. 그렇게 설명해 줬으면 알아듣기 쉬웠잖… 잠깐만요. 지금 천중악이 마교 교주라고 그랬어요?"

"그래."

"삼십 년 전에 죽었잖아요."

"이건 비밀인데 그놈 살아 있어."

"진짜예요?"

"그래. 그놈이 살아 있기 때문에 그놈들이 나오지 못하고 있는 거야."

"그럼 왜 나한테 마교를 재건하라고 시켰을까요?"

"무슨 이유가 있겠지. 다만 한 가지."

"한 가지 뭐예요?"

"나는 그놈보다 네가 마음에 든다."

"고맙네요."

"뭘, 우리 사이에. 그리고 만약에 부딪친다 하더라도 네가 이길 것이다. 너는 무척 강하니까."

"뭐가 뭔지 잘 모르겠네요."

"그럴 것이다."

"저 가고 나면 심심할 텐데."

"괜찮다."

"그럼 죽지 말고 유람이나 다니면서 기다리고 계세요. 제가 마교를 재건하는 것을 보고 축하해 줘야죠."

"생각해 보마."

"생각은 무슨, 무조건 기다려요."

"흐음."

"정 할 일 없으면 한 자리 줄까요? 제가 이래 봬도 마교의 교주인데."

"일없다."

"새롭게 재건되는 마교에는 훌륭한 인재가 절실히 필요해요. 그러니까 그렇게 단칼에 자르지 말고 고민해 봐요."

"일없다니까."

"늙은이 고집은."

"낄낄!"

아이처럼 웃고 있는 무명 노인의 얼굴이 점점 작아져 갔다.

그리고 이별을 많이 경험해서일까.

무명 노인의 얼굴에 아쉬워하는 빛은 떠올라 있지 않았다.

*　　*　　*

무림맹 외당 소속 청룡단 삼백 명의 대인원이 일제히 정문을 빠져나갔다.

그로부터 정확히 두 시진 뒤, 무림맹을 빠져나갔던 청룡단 삼백 명의 대인원과 마성장 소속의 정예 무인 오십여 명의 삼엄한 호위 속에 여덟 기의 준마가 이끄는 두 대의 마차가 무림맹 안으로 들어왔다.

그리고 마침내 마차의 문이 열리고 고개를 내미는 유가연의 모습을 보고서야 유정생은 안도했다.

쪼르르.

마차에서 내리자마자 달려와서 유가연이 자신의 품에 안길 때만 해도 큰 근심거리를 덜었다는 생각을 했다.

하지만 그게 착각이었다는 것을 깨닫는 데는 오래 걸리지 않았다.

떠나기 전의 약속처럼 유가연이 고자질을 해서 어젯밤에 한숨도 자지 못하고 부인에게 시달렸던 것은 근심 축에도 끼지 못할 정도로 커다란 근심이 생겼다.

그리고 유정생에게 생긴 근심은 바로 유가연이 변한 것이었다.

"재미없어어."

그 한마디가 끝이었다.

환한 표정으로 그토록 꿈꾸던 강호 유람을 한 느낌이 어땠느냐는 질문을 던졌건만 유가연은 부루퉁한 얼굴로 무성의한 한마디를 던진 후 자기 방으로 들어가 버렸다.

그리고 입을 굳게 다물었다.

예전이었다면 몇 날 며칠 동안 잠도 재우지 않고 소호가 어땠느니, 잘생긴 남자가 많았느니 하는 얘기를 늘어놓았을 딸이었는데…….

처음으로 긴 여행을 다녀온 뒤라 피곤해서 그렇겠지, 라고 생각하고 대수롭지 않게 넘겼던 것이 실수였다.

유가연은 조개처럼 입을 꾹 다문 것으로 모자라 끼니 때가 되어도 식사도 제대로 하지 않기 시작했다.

아무리 채근해도 기껏해야 한두 번 젓가락질을 하다가 수저를 내려놓았다.

물론 몇 끼 식사를 거른다고 해서 죽는 것은 아니었지만 하루가 다르게 핼쑥하게 변하고 있는 딸아이의 얼굴을 보고서 가만히 손을 놓고 바라보고 있을 정도로 유정생의 부정이 얕지는 않았다.

그제야 사태의 심각성을 파악한 유정생이 일단 허민규를 급히 불러들였다.

"대체 무슨 일이 있었나?"

"전에 보고드렸던 것이 다입니다."

"마성장으로 가는 도중 사도맹의 자그마한 도발이 있었지만 함께했던 서문유의 활약으로 무사히 넘어갔다. 그리고 마성장에 도착했을 때 사도맹 서열 십위에 올라 있는 고수인 태사령 임무성이 수십 명의 수하를 이끌고 가연이를 납치하기 위해 찾아왔지만 장주인 철무경이 임무성을 이겨서 별탈없이 돌아왔다. 아무래도 가연이는 그 과정에서 충격을 받은 것 같다. 이렇게 말했었지?"

"그렇습니다."

"지금 내게 그 보고를 믿으라는 말인가?"

"……."

"처음에는 믿었지. 아니, 가연이가 무사히 돌아온 것으로 충분하다고 생각했지. 한데 곰곰이 생각해 보니 자네의 보고에는 이상한 점이 한둘이 아니더군. 그리고 내 나름대로도 조금 알아본 후에 자네를 부른 걸세. 그러니 솔직히 말해보게."

"저는 더 말씀드릴 것이 없습니다."

"허 대주!"

"죄송합니다."

"허허!"

"충격으로 인한 일시적인 현상이니 시간이 좀 더 흐르면 괜찮아지실 겁니다. 너무 걱정하지 마십시오."

일말의 흔들림이나 동요없이 대답을 꺼내는 허민규를 바라보다 유정생이 결국 한숨을 내쉬었다.

이미 곁에서 십 년이 넘는 시간 동안 지켜봐 온 그였다.

그리고 허민규는 한 번 마음을 먹으면 절대로 뜻을 굽히지 않는 자였다.

“알겠네. 물러가게.”

축객령을 내리자 가볍게 포권을 취한 후 물러나는 허민규를 바라보다 유정생이 몸을 일으켰다.

허민규는 무림맹의 맹주의 호위대를 지휘하는 위치에 있는 자인만큼 성격이 치밀하면서도 과단성이 있는 자였다.

이번에 같이 움직였던 수하들은 물론, 가연이와 함께 길을 떠났던 서옥령이나 서문유, 심지어 철무경과도 이미 약조를 한 것이 틀림없었다.

하나같이 같은 이야기를 하는 것으로 봐서.

그러나 여기서 포기할 그가 아니었다.

허민규는 분명 뭔가를 숨기고 있었고, 유정생은 그것을 알아내야 했다.

각종 책자들로 가득한 책장에서 몇 권의 책을 빼낸 유정생은 그 책들의 뒤쪽 빈 공간에 숨겨져 있던 보자기를 꺼냈다.

그리고 보자기에 둘러싸여 있는 술병을 품에 안고서 그가 찾아간 것은 유가연과 함께 무림맹으로 들어온 철무경이었다.

“맹주님!”

마성장을 침입했던 태사령 임무성과의 대결에서 입은 내

상이 아직 완전히 낫지 않은 듯 별채의 특실에 머물고 있던 철무경이 그가 들어서는 것을 확인하고서 서둘러 침상에서 몸을 일으켰다.

열혈도제라는 별호!

게다가 이번에 사도맹 서열 십위에 올라 있는 임무성을 꺾으며 강호에 한층 더 명성을 날린 철무경이었지만 무림맹의 맹주인 유정생은 분명 함부로 하기 어려운 상대였다.

하지만 유정생은 포권을 취하며 깊숙이 고개를 숙이고 있는 철무경에게 그러지 말라며 손을 내저었다.

"맹주님은 무슨. 이보게 아우님, 우리가 알고 지낸 것이 어디 한두 해인가? 평소처럼 형님이라 부르게."

"하지만……."

"더구나 아우님이 이끄는 마성장이 철없는 내 딸로 인해서 어려운 상황에 처할 뻔하지 않았던가. 내 아우님에게 고마운 것이 한두 가지가 아닐세."

"아닙니다."

"사람 참 겸손하기는. 그래서 고맙다는 인사를 하기 위해서 이렇게 아우님을 찾아온 것이니 부담가지지 말게. 여기서 이러지 말고 앉아서 얘기하도록 하지."

사람 좋은 웃음을 띤 채 유정생이 철무경을 탁자 앞으로 이끈 후, 보자기를 풀어 술병을 꺼냈다.

"이게 뭐니까?"

"뇌물일세."

"네?"

"그렇게 놀라지 말게. 아우님은 혹시 소운장이라는 곳을 알고 있나?"

"죄송합니다. 소제가 견식이 짧아서 들어본 기억이 없습니다."

"아우님의 견식이 짧아서 그런 것이 아닐세. 소운장의 규모가 워낙에 작은 데다가 강호에 알려지지 않아서 그런 것이니. 소운장의 인원은 모두 합쳐 봐야 여섯에 불과하니 무림맹에 가입되어 있는 총 몇 개더라? 그래, 정확히 팔백쉰두 개의 문파 가운데서도 가장 작은 곳이지."

"장주까지 포함해서 총인원이 여섯이라니. 그런 자그마한 문파까지도 무림맹에 가입할 수 있는 겁니까?"

"물론 아니지. 아우님도 알다시피 무림맹에도 정해진 내규가 있네. 그리고 그 내규에는 무림맹에 가입할 수 있는 문파의 조건으로 최소 인원이 서른 명은 되어야 한다고 나와 있다네."

"그럼……?"

"그래서 뇌물이라고 했지 않나? 규칙도 좋지만 세상을 살아가는 데 있어서 너무 빡빡하게 굴어서야 되겠나. 게다가 이렇게 좋은 선물까지 들고 예순이 넘은 늙은 장주가 그 먼 길을 찾아왔는데 어찌 내칠 수 있었겠는가? 아우님도 한잔 들어

보게. 이게 그 유명한 두가주(斗家酒)라는 것일세."

철무경이 정신을 차리기도 전에 그의 손에는 이미 사기로 만든 술잔이 들려 있었다.

쪼르륵.

그리고 어느새 유정생과 건배까지 하고 술잔에 입을 대고 있었다.

코끝을 찌르는 강렬하면서도 향긋한 주향.

혀가 마비될 정도로 짜릿하면서도 부드러운 느낌.

엉겁결에 술을 입안에 털어 넣던 철무경이 눈을 부릅떴다.

염치도 모르고 다시 술잔을 앞으로 내밀고 있는 철무경을 바라보던 유정생의 입가에 한가닥 미소가 스치고 지나갔다.

"이거 급히 오느라 안주를 미처 준비하지 못했구만."

"괜찮습니다."

"정말 괜찮겠는가?"

"하하, 물론입니다. 두가주라고 했습니까? 첫맛은 무척이나 독한 듯했는데 목으로는 아주 부드럽게 넘어갑니다."

철무경의 반응은 어쩌면 당연한 것이었다.

유정생처럼 진정으로 술을 즐길 줄 아는 주당들에게만 알려진 것이 바로 이 두가주였다.

천산 중턱에 모여 있는 두가 일족이 만든 술로서 그들이 일년에 생산하는 두가주는 겨우 서른 병에 불과했다.

그리고 주정 중에서도 최상급만을 엄선해서 특별히 제조

하는 세 병이 있는데, 지금 철무경이 마신 것이 바로 그중 하나였다.

아무리 많은 돈을 낸다 해도 구할 수 없는 보물.

하지만 유정생은 보물을 아끼지 않았다.

자신은 맛이 느껴지지도 않을 정도로 쥐꼬리만큼의 술로 입술을 축이며 철무경이 거듭 내밀고 있는 술잔에 연거푸 술을 따라주었다.

"이거… 술맛이 아주 기똥찬… 데요."

몇 잔 마시고서 히죽 웃으며 발음이 꼬이기 시작하는 철무경을 확인하고서 유정생이 눈을 빛내기 시작했다.

두가주는 명주이기는 하지만 독주이기도 했다.

아무리 술이 강한 자라고 해도 이렇게 연거푸 몇 잔을 들이키고서 멀쩡할 수는 없었다.

"한 잔 더 주… 시죠?"

"그래, 받게."

"캬아."

다시 한 잔의 술을 입가에 털어 넣은 철무경의 눈이 반쯤 풀렸다.

"태사령 임무성을 제압하다니 아우님의 실력에 감탄했네."

그리고 술의 힘일까.

유정생이 슬쩍 운을 떼자 철무경은 주절주절 이야기를 꺼내기 시작했다.

"그 영감은 정말 강하더군요."

"사도맹에서 그가 차지하고 있는 서열이 말해주듯이 그의 실력은 결코 헛것이 아니지. 하지만 결국에는 아우님이 이기지 않았나?"

"졌습니다."

"그게 무슨 소리인가?"

"사실… 제가 죽인 것이 아닙니다. 저는 일장을 얻어맞고서 볼썽사납게 기절해 버렸었지요. 임무성을 죽인 사람은 따로 있습니다."

유정생이 반쯤 남아 있는 술잔을 들어서 다시 입술을 축였다.

역시 그의 예상대로였다.

비무를 핑계 삼아 몇 번 대결을 해본 적이 있었기에 철무경의 무공 수위에 대해서는 유정생이 누구보다 잘 알고 있었다.

그래서 의심하고 있었다.

철무경이 사도맹 서열 십위에 올라 있는 임무성을 죽였다는 이야기를.

"그럼 대체 누가 임무성을 죽였단 말인가?"

"그게… 참 믿기 힘든 이야기인데… 아직 새파랗게 젊은 놈이 임무성을 죽였습니다, 사무진이라는."

"사무진!"

"그놈이 임무성을 이기지 못했다면 저를 비롯해서 가연이까지 모두 그 자리에서 뼈를 묻었을 겁니다."

철무경이 또다시 앞으로 내민 잔에 술을 채워주며 유정생이 기억을 더듬었다.

하지만 그의 기억 속에 사무진이라는 이름은 없었다.

"사무진이라는 이름은 들어본 적이 없는데."

"그럴 겁니다. 저도 그전까지는 들어본 적이 없었으니까."

"어쨌든 큰 신세를 졌군."

"사실 신세를 지기는 했는데 그보다 형님, 놀라지 마십시오. 그놈이 바로 마교의 교주입니다."

술잔을 들고 있는 손을 내려놓고서 유정생이 귀를 후볐다.

자신이 잘못 들었다고 생각하고서.

"뭐라고 했나?"

"형님이 잘못 들은 게 아닙니다."

"하지만 마교는 이미……."

"더 재미있는 것이 뭔지 압니까?"

이미 마교는 망한 지 오래라는 말을 하려던 유정생이 입을 다물었다.

도중에 끼어들어 중간에 말을 자르는 철무경으로 인해서.

"가연이가 그놈을 좋아하는 눈치라는 겁니다."

데구르르.

철무경이 술잔을 떨어뜨렸다.

술잔 속에 아직 남아 있던 아까운 두가주가 탁자 위로 쏟아졌지만 철무경은 그것도 느끼지 못하고 술병째 입으로 가져갔다.

하나밖에 없는 딸이 좋아하는 사람이 생겼다는 이야기를 듣는 순간, 왠지 모를 섭섭함이 밀려들었다.

이제는 나이가 찰 만큼 찬 딸인만큼 당연한 일이었지만, 일순 밀려드는 섭섭한 마음은 주체할 수가 없었다. 그래, 그나마 괜찮은 놈이라면 이 허전한 마음이 덜할 터였다.

그런데 하필이면 마교의 교주라니.

"그래도 썩 나쁜 놈은 아니었습니다. 비록 이제는 죽어버렸지만."

술에 만취해서 탁자에 머리를 들이박으며 철무경이 꺼내는 마지막 말을 들으며 유정생이 자리에서 일어났다.

"자네 딸이 아니라고 함부로 말하지 말게."

철무경에게 한마디를 남긴 유정생이 서둘러 걸음을 옮겼다.

하얀 눈이 떨어져 내리기 시작했다.

그리고 창가에 선 채로 떨어져 내리는 눈을 하염없이 바라보는 딸의 모습을 확인한 유정생이 헛기침을 했다.

"크흠."

자신이 왔다는 것을 알리기 위해서 헛기침을 했건만 고개조차 돌리지 않고 창밖만 바라보고 있는 딸을 확인하자 유정생은 또다시 서운한 감정이 깃들었다.

예전이었다면 자신이 찾아오자마자 고개를 돌리고 방긋 웃으며 주절주절 이야기를 늘어놓았을 텐데.

유정생과 유가연 사이의 거리는 불과 이 장.

하지만 등을 돌리고 있는 딸을 바라보자 왠지 멀게만 느껴졌다.

그래서 말을 꺼내기가 어려웠다.

하고 싶은 말도, 듣고 싶은 말도 많았지만 어디서부터 이야기를 시작해야 할지 감이 잡히지 않았다.

잠시 망설이던 유정생이 방의 한가운데에 놓인 탁자에 앉은 후 식어버린 찻물을 바닥에 뿌렸다.

그리고 깨끗이 비운 찻잔에 차 대신 술을 따랐다.

"아비 왔다."

"알아."

"그럼 얼굴이라도 좀 보여주지?"

"……."

"술 한잔할래?"

"싫어."

"원래 그런 법이다. 첫사랑을 잊는 것은 무척이나 어려운 일이지. 아마 차보다는 술이 도움이 될 게다."

"……."

"아비도 첫사랑에 실패하고서 이 녀석의 도움을 받았지."

슬쩍 운을 뗐지만 아무 대답도 돌아오지 않았다.

그래서 아쉬웠다.

이십 년이 넘는 시간 동안 살을 부대끼며 살아온 부인에게도 털어놓지 않고 고이 간직해 왔던 비밀까지 털어놓으려고 했는데 전혀 관심을 보이지 않았다.

"관심 없어?"

"응."

"왜? 네 엄마는 아비의 첫사랑이 아직 자기인 줄 알고 있는데. 네가 고자질하면 모르긴 몰라도 일주일은 시달릴 이야기일걸."

여전히 반응이 없는 딸을 보던 유정생이 잠시 고민하다 다른 이야기를 꺼냈다.

"이건 진짜 말하지 않으려고 했는데. 전에 아비가 사도맹이 보낸 자객한테 당해서 죽을 뻔했었잖아?"

"엄살은, 허벅지에 살짝 스친 게 다였잖아. 이제 흉터도 안 남았으면서."

"그건 인정하마. 근데 고작 허벅지를 살짝 베인 것이 다였는데 아비가 지나칠 정도로 오래 의국 신세를 진 것 같지 않더냐?"

"칼에 독이 발려져 있었다고 그랬잖아."

"거짓말이었어."

"그럼?"

"거기서 일하던 의녀가 예뻐서."

아까도 말했지만 이건 진짜 비밀이었다.

실제로 지금부터 약 삼 년 전쯤, 사도맹에서 보낸 살수가 휘두른 칼에 허벅지를 살짝 베인 적이 있었다.

말 그대로 살짝 스친 정도였지만 유정생은 의국에서 두 달이나 머물렀었다.

그 당시 강호에는 무림맹주인 유정생이 심각한 상처를 입어서 죽을지도 모른다는 이야기가 새어나가며 무림맹과 사도맹 사이에 전면전이 벌어질지도 모른다는 소문까지 공공연히 떠돌았다.

하지만 사건의 진짜 전모는 유정생이 의국에서 일하는 의녀의 외모에 반해서 다 나았음에도 불구하고 의국에 머물렀던 것이 다였다.

그리고 그 사건의 전모를 알고 있는 몇 안 되는 인물들 중 혹자는 유정생이 그 사건을 정치적으로 이용한 것이라고 주장하기도 했지만 그 주장은 멋모르고 추측해서 지껄인 헛소리에 불과했다.

유정생은 당시 그 의녀에게 반해서 의국에 머물렀던 것뿐이었다.

"어때? 이건 좀 흥미가 생기지?"

원래는 무덤까지 가지고 갈 비밀이었다.

하지만 어떤 말을 해도 무덤덤하게 변해 버린 딸의 관심을 이끌어내기 위해서 유정생은 기꺼이 이 이야기를 꺼냈다.

다행히 그 의도는 맞아 들어갔다.

“조금 흥미가 생기네.”

“다행이구나.”

“어떻게 해줄까? 엄마한테 일러줄까?”

“굳이 그럴 필요까지는 없는데.”

“사랑했어?”

어물쩍 넘기려던 유정생이 당황한 표정으로 입을 다물었다.

이 질문은 그가 예상하지 못했던 것이었다.

더구나 처음으로 몸을 돌린 유가연의 애절한 눈빛을 마주하는 순간, 가슴이 콱 하고 막혀서 말이 나오지 않았다.

“잠깐, 아주 잠깐.”

“그랬구나. 그래서 이제 다 잊었어?”

“완전히 다 잊은 것은 아니지만…….”

“나도 그래.”

“응?”

“그냥 잊으려고 했는데 그게 마음처럼 안 돼. 아빠도 이미 겪어봤으니까 내 맘이 어떤지 알겠네.”

다시 말문이 막혔다.

“부탁이 있어.”

"뭐든지 말해.

조용히 입을 다물고 있던 유정생은 부탁이 있다는 말을 듣고 힘차게 고개를 끄덕였다.

"무공 좀 가르쳐 줘."

"무공?"

이 말이 반가웠다.

하지만 의아한 마음이 드는 것은 어쩔 수가 없었다.

그동안 귀에 딱지가 앉을 정도로 무공을 익히라는 말을 할 때는 들은 척도 안 하더니 갑자기 무공을 가르쳐 달라고 부탁하고 있었으니까.

"갑자기 왜 무공을 익히려고 하느냐?"

"익히고 싶은 무공이 생겼어."

"그래, 어려운 것은 아니지. 아니, 이왕 하는 것 제대로 하거라. 최고의 스승과 무공을 구해줄 테니까."

'저 어린 것이 그동안 마음 고생이 얼마나 심했으면…….'

그동안 식사를 제대로 하지 않아 반쪽이 되어버린 딸의 얼굴을 정면으로 마주하자 안쓰러운 감정이 해일처럼 밀려들었다.

그리고 나쁘지 않다는 생각이 들었다.

무공을 익히다 보면 잡념이 사라질 것이고, 그러다 보면 어느새 마음의 상처도 치유가 될 것이니까.

이왕이면 뭐든지 최고로 해주고 싶은 것이 부모의 마음!

술이 담긴 찻잔을 들어 올리며 유정생이 장고에 빠졌다.

'누가 좋을까? 그래, 화산파의 전대 기인인 다정 선사가 좋겠구나, 다정 선사가 익힌 옥녀 검법이라면 가연이에게 어울리겠지. 비록 이미 몇 년 전에 은거에 들어가서 세상사에 아예 관심을 끊었다고는 하나 사문을 생각하는 마음까지 사라지지는 않았을 터. 화산파에 대한 재정 지원을 끊겠다고 협박을 하면 못 이긴 척 받아들이시겠지.'

한참을 고심했다.

그렇지만 아무리 생각해 보아도 역시 다정 선사만 한 스승은 없었다.

유정생 본인이 생각해도 괜찮은 결정이었다.

그리고 아직 끝이 아니었다.

'영약도 빠뜨려서는 안 되지. 약왕전에 쌓아둔 영약들이 바닥이 나도 좋으니까 모조리 사용해야겠다. 행여나 모자라면 뇌물이라도 받아야지.'

결심을 굳힌 유정생이 자신의 의도를 말해주기 위해 입을 열려는 찰나, 유가연이 먼저 입을 뗐다.

"가슴이 커지는 무공은 뭐가 있어?"

푸흡.

유정생이 입안에 머금고 있던 술을 뿜어냈다.

"알고 있지?"

"뭘?"

"네가 기다리는 그 청년은 오지 않는다."

"왜?"

"죽었으니까."

유정생이 단호하게 말했다. 사도맹 서열 팔위!

생사판 염혼경은 누구도 부인할 수 없는 엄청난 고수였다.

태사령 임무성과의 서열 차이는 불과 두 계단에 불과했지만, 고수들에게 있어 그 작은 차이는 엄청났다.

대체 무슨 수로 사무진이라는 청년이 임무성을 죽였는지는 몰라도, 염혼경에게 이긴다는 것은 분명 어불성설이었다.

"그래도 배울래."

"가슴이 커지는 무공은 없다."

"천하십대고수 중의 한 명이라면서 그런 무공도 몰라?"

"천하제일고수라고 해도 모를 걸."

"그럼 그거 말고, 강해질 수 있는 무공을 배울래."

"네 뜻이 그렇다면 알겠다. 화산파의 전대 기인이었던 다정 선사에게 부탁하마. 옥녀 검법을 대성한다면 강해질 수 있을 게다."

"그거면 이길 수 있어?"

"누구를?"

"생사판 염혼경!"

지체하지 않고 돌아온 대답을 듣고서 유정생이 얼굴을 굳혔다.

그제야 지금 유가연이 무슨 생각을 하는지 알 수 있었다.

"그 정도로 좋았더냐?"

"응."

"하지만 이미 그는 죽었다. 마음이 아프겠지만 잊도록 해라. 죽은 자가 다시 살아올 수는 없으니까."

유정생은 최대한 냉정하게 말했다.

이미 오랜 시간을 살아온 그였다.

지금 힘들어하고 있는 유가연보다는 미리 겪었기에, 그리고 조금이라도 더 많이 경험해 보았기에 그는 이미 알았다.

사랑이란 달콤하다는 것을.

하지만 사랑이 달콤했던 만큼 이별은 쓰디쓴 법이었다.

그리고 이별이 쓰디쓴 이유는 바로 미련 때문이었다.

어쩌면 다시 돌아오지 않을까.

어쩌면 다시 예전처럼 돌아갈 수 있지 않을까 하는 미련들.

부질없는 미련일 뿐이었다.

그리고 그 미련을 던져 버렸을 때에야 비로소 이별을 담담하게 받아들일 준비가 완성되는 것이었다.

"만약에 살아 있다면?"

마음을 정리하는데 조금이나마 도움이 될 것이라는 생각으로 이야기를 꺼내지만 유가연은 아직 이별을 받아들일 준비가 되어 있지 않았다.

"죽었다니까."

"그러니까 만약이라고 그랬잖아. 만약에 살아 있다면, 그래서 날 찾아오면 괴롭히지 않을 거지?"

"그래."

유가연의 눈을 응시하던 유정생이 어쩔 수 없이 고개를 끄덕였다.

아직 시간이 필요했다.

유가연은 이번이 처음이었으니까.

만약 이 부탁마저 거절해 버린다면 극단적인 선택을 할지도 모른다는 두려움이 그의 고개를 끄덕이게 만들었다.

그리고 그제야 어둡기만 하던 유가연의 낯빛이 조금은 밝게 변한 것을 확인하고서 유정생이 당부했다.

"식사는 거르지 말거라."

"알았어."

"그리고 하나만 더 묻자. 그 청년이 마교의 교주라는 것은 알고 있었느냐?"

"아니."

유가연의 대답을 듣고서 유정생이 한숨을 내쉬었다.

"그럼 그 청년이 마교의 교주라고 해도 네 마음은 변하지 않느냐?"

"당연하지."

"어째서?"

"사랑은 국경도, 나이도 초월하니까."

망설임없이 흘러나오는 그 대답을 듣고서 유정생이 얼굴을 굳혔다.

그리고 방을 나서는 그가 혼잣말을 중얼거렸다.

"네 말대로 사랑은 국경과 나이도 초월하지만 마교와 무림맹 사이의 거리는 초월하기에 너무 멀단다."

# 第三章
## 마도삼기

共同
傳人
공동전인

대천표국!

해가 저물며 사위가 어둑해졌지만 대천표국의 정문은 아직 열려 있었다.

열린 정문 사이로 보이는 대천표국 내부의 너른 마당에는 말과 마차, 그리고 꽤나 많은 사람들로 북적이고 있었다.

홍연민은 사무진이 떠날 생각을 하지 않고 멍하니 서 있는 것을 보고 옆구리를 찔렀다.

"표국에 무슨 볼일이라도 있나?"

"볼일은 없어요."

"그럼 어서 객잔이나 찾아보도록 하세. 며칠째 노숙을 하며 제대로 씻지도, 먹지도 못 했더니 죽을 지경일세."

정말로 배가 고픈 듯 홍연민이 소매를 잡고 이끌었지만 사무진은 처음 그 자리에서 한 걸음도 움직이지 않은 채 대꾸했다.

"밥은 여기서 먹어요."

"……?"

"사실… 이거 내 거예요."

"응?"

홍연민의 눈이 커졌다.

그리고 잠시 후, 놀람을 감추지 않고 입을 뗐다.

"자네 대단한 부자였군."

"뭘 이 정도 가지고."

"그럼 여기가 바로 잔혹무비한 마교 놈들이 모여 있는 곳인가?"

긴장이 되어서일까.

침을 꿀꺽 삼키며 이야기를 꺼내는 홍연민을 바라보며 사무진이 대답했다.

"잔혹무비란 표현은 좀 그러네요."

"틀린 표현은 아니지 않나?"

"안에 들어가서도 똑같이 얘기해 봐요."

"그럼 어떻게 될까?"

"글쎄요. 아직 확신할 수는 없지만 입만 살아 있는 심 노인이라면 일단 혓바닥부터 뽑아낼 걸요."

"흐읍!"

조곤조곤 속삭이듯 흘러나온 사무진의 대답을 듣고서 놀란 홍연민이 급히 입을 꽉 다물었다.

"역시 잔혹무비한 마교 놈들이로군."

"그렇게 말하지 말라니까요."

"흥!"

"뭐, 크게 틀린 것은 없는데 그래도 이제는 같은 식구인데 될 수 있으면 좋은 표현을 사용하는 것이 좋잖아요."

"다른 사람도 아니고 자네가 부탁하는 것이니 조심… 잠깐, 같은 식구라니. 그게 대체 무슨 소리인가?"

그게 무슨 말도 안 되는 소리냐며 홍연민이 펄쩍 뛰었다.

하지만 사무진은 홍연민과 달리 차분했다.

"싫어요?"

"당연하지."

"어디 마땅히 갈 데는 있어요?"

"그야… 나야 여러 가지 기술이 있으니 시간이 조금 지나면 어디 가서라도 밥벌이 정도는 할 수 있네."

"솔직히 말해봐요. 없잖아요?"

"당장은……."

"그냥 여기서 지내요."

"……."

"내가 한 자리 줄게요."

"자네가… 그래, 자네는 마교의 교주였지."

"평생 먹고살 걱정은 안 해도 될 거예요. 심 노인이 무척 부자거든요."

홍연민은 생각에 잠겼다.

그리고 잠시 후 대답했다.

"이왕이면 높은 자리로 부탁하네."

"걱정 말아요. 그보다 미리 알려 드리는 건데, 저 안에 들어가서는 아까처럼 교양없이 펄쩍펄쩍 뛰지 말아요. 마교의 채신을 깎아먹는 행동이라며 심 노인이 다리를 잘라 버릴지도 모르니까."

홍연민의 안색이 창백해졌다.

그리고 그런 홍연민을 웃으며 바라보던 사무진이 힘차게 입을 뗐다.

"자, 그럼 들어가 볼까요, 천년마교의 본산으로."

"저기……."

"뭐요?"

"그게……."

"표물을 맡기러 온 것 같은데 저쪽으로 가보시오. 난 지금 무척 바쁘니까 괜히 여기서 걸리적거리지 말고 좀 비키시오."

텁석부리 수염을 기른 장한이 사무진을 밀쳤다.

그리고 다시 땀을 뻘뻘 흘리며 쌀가마니를 짐마차 안에 싣기 시작하는 장한의 어깨를 사무진이 툭툭 건드렸다.

"또 뭐요?"

"뭔가 오해를 한 것 같은데, 난 표물을 맡기러 온 것이 아니거든요."

"표국에 표물을 맡기러 온 것이 아니라면… 아, 쟁자수를 모집한다고 하더니 자네도 쟁자수 시험을 보러 왔나 보군. 그런데 이렇게 비실비실해서 힘이나 쓸려나."

"그게 아니라……."

"그것도 아니라면 대체 뭔가?"

"내가 마교의 교주거든요."

멀뚱멀뚱.

영 못마땅한 표정으로 사무진을 바라보던 텁석부리장한의 눈이 한순간 커졌다.

그리고 그제야 알아본 것이라고 생각하고서 흐뭇한 웃음을 짓고 있는 사무진을 향해 침을 뱉었다.

"퉤엣. 가뜩이나 바빠 죽겠는데 별 미친 놈을 다 보겠구만."

"말귀를 못 알아듣는 것 같은데……."

"쓸데없는 소리 집어치우고 저리 가지 못해!"

와락.

텁석부리장한의 밀치는 힘을 감당하지 못하고 몇 걸음 밀려난 사무진이 조금 떨어진 곳에서 구경하고 있던 홍연민과 부딪쳤다.

그러자 홍연민이 기다렸다는 듯이 물었다.

"자네, 마교의 교주 맞나?"

"왜요?"

"별로 믿기지가 않아서."

"사실 저도 아직까지 별로 실감이 안 나거든요."

퉁명스러운 목소리로 대꾸하며 사무진이 이리저리 고개를 돌렸다.

표국 안에는 수많은 사람들로 북적이고 있었지만, 아무리 찾아봐도 낯익은 얼굴은 보이지 않았다.

그래서 이제 어떻게 해야 하나 고민하고 있던 사무진의 얼굴에 웃음이 떠올랐다.

저기 심 노인이 보였다.

뒷짐을 지고 등을 구부정하게 숙인 채 마당으로 걸어나오는 심 노인을 발견하자마자 사무진이 다가갔다.

"따라와요."

"아는 사람인가?"

"아까 말했던 심 노인이에요."

홍연민의 얼굴에 금새 긴장한 빛이 떠오를 때, 사무진은 이미 심 노인의 코앞까지 다가가 있었다.

입만 살아서는 사무진을 몇 번이나 사지로 몰아넣으려 했던 심 노인이었지만, 오래간만에 보니 반가웠다.

"오래간만이에요."

그래서 환하게 웃음을 지은 채 반갑게 말을 걸었다.

그러나 돌아온 심 노인의 대답은 사무진의 예상과 한참이나 달랐다.

"누군가?"

"응?"

솔직히 당황했다.

그리고 가장 먼저 든 생각은 치매였다.

자신이 떠난 그새를 참지 못하고 심 노인이 치매에 걸린 것이 아닐까 의심하며 사무진이 조심스레 말했다.

"나예요, 나."

"처음 만나는 것 같은데."

"진짜 치매라도 걸린 거예요?"

"치매라니, 아직 정신이 말짱한데. 대체 누군데 이런 망발을 늘어놓는가? 당장 정체를 밝히지 않는다면……."

"천마!"

짤막한 사무진의 대답을 듣자마자 심 노인의 표정이 굳어졌다.

드디어 기억이 난 듯이

그러나 그것은 사무진의 착각이었다.

심 노인은 손에 들고 있던 지팡이를 힘껏 휘둘렀다.

"이놈이 감히 누굴 사칭하느냐? 교주님은 눈썹이 없다!"

"잘 봐요."

사무진이 양손을 들었다.

그리고 무명 노인이 그려준 붉은 눈썹을 가렸다.

"이제 알아보겠어요?"

"천마불사!"

쿵. 쿵. 쿵.

눈이 화등잔만 하게 커진 채 한참을 바라보고 있던 심 노인이 기다렸다는 듯이 바닥에 이마를 부딪치기 시작했다.

"안 아파요?"

"교주님을 알아보지 못한 중죄인입니다. 당장에 제 구실을 하지 못하는 두 눈을 뽑겠습니다."

"나 없는 동안 바닥에 이마를 찧고 싶어서 어떻게 참았어요? 이제 그만하고 일어나요."

"용서해 주시는 겁니까?"

"일어나라고 할 때 얼른 일어나요. 피나잖아요."

그제야 심 노인이 바닥에서 잽싸게 일어났다.

그리고 심 노인은 일어나자마자 사무진의 눈썹을 신기한 듯이 바라보았다.

"원래부터 눈썹이 붉으셨습니까?"

“이상해요?”

“그럴 리가 있습니까? 잔혹무비해 보이는 것이 아주 멋있습니다.”

“고맙네요.”

그동안 심 노인은 사무진과 헤어져 있던 사이 새로운 신공을 연마한 듯 보였다.

아부 떨기라는.

“별일없었죠?”

“그럼요.”

“다행이네요.”

“그보다 교주님은 폐관 수련을 마치셨습니까?”

“그래요.”

사무진이 쓴웃음을 지었다.

원래 계획은 폐관 수련을 명목으로 한 일 년 유람이나 다니며 놀 생각이었는데 사무진은 진짜로 지독한 수련을 했다.

무명 노인을 만나서.

“감축드립니다.”

“뭐, 감축까지야…….”

“천마불사!”

쿵. 쿵. 쿵.

역시 심 노인은 그동안 바닥에 이마를 찧고 싶었던 것이 틀림없다.

그리고 노인답지 않게 우렁찬 목소리로 천마불사를 외치고 있는 심 노인을 바라보다 사무진이 자그맣게 중얼거렸다.

"천마불사는 무슨. 하마터면 천마 죽을 뻔했어요."

모락모락.

뜨거운 김이 나는 용정차 찻잔을 들어 올리며 사무진이 서류를 노려보았다.

그러나 역시 서류 위에 적혀 있는 글자들이 제대로 눈에 들어올 리가 없었다.

까만 것은 글자, 하얀 것은 종이.

잠시 바라보는 척하다가 내려놓으며 사무진이 입을 뗐다.

"그러니까 별일없었다는 거죠?"

"그렇습니다. 교주님의 명령대로 소문이 나지 않도록 하기 위해서 표사들과 쟁자수들을 몇 명 충원해서 예전처럼 표국업을 하고 있었습니다."

그제야 이해가 갔다.

왜 텁석부리장한이 사무진이 던진 말을 듣고서 어이없다는 표정을 지었는가가.

대천표국의 마당 안에서 분주하게 일하고 있던 이들은

마교와는 아무런 상관도 없는 평범한 표사와 쟁자수들이었다.

"잘 참았네요."

"그런데 이자는 누구입니까?"

고개를 끄덕이며 사무진이 꺼내는 칭찬을 듣고서 감격에 겨운 표정으로 고개를 조아리던 심 노인이 홍연민을 노려보며 질문을 던졌다.

매섭기 그지없는 심 노인과 시선이 부딪친 홍연민이 잔뜩 긴장한 표정을 지었다.

"아, 이제부터 우리와 한식구가 될 사람이에요."

"한 식구가 될 사람이란 말씀이십니까?"

"그동안 나와 함께 생사의 기로를 몇 번이나 넘었죠."

"그렇군요."

"그러니까 심 노인이 알아서 한 자리 주세요."

"알겠습니다."

"뭘 시킬 건데요?"

"그건 고민을 좀 해봐야 할 것 같습니다."

날카로운 안광을 빛내며 홍연민을 뚫어지게 바라보던 심 노인이 물었다.

"뭘 잘 하는가?"

"저로 말할 것 같으면 여러 가지 재주를 가지고 있습니다. 장안의 학자들이 입을 떡 벌리게 만들 정도로 뛰어난 학식을 가진 것은 기본이고, 문신에도 조예가 있으며, 약초를 캐는 데도 일가견이 있습니다."

심 노인이 던진 질문을 듣자마자 홍연민이 지체하지 않고 장황하게 이야기를 늘어놓기 시작했다.

그리고 조용히 그 이야기를 들은 심 노인이 말했다.

"쓸 만한 게 하나도 없군."

"……?"

"쟁자수 정도면 적당할 것 같습니다."

퉁명스레 흘러나온 심 노인의 대답을 듣고서 홍연민의 얼굴이 일그러졌다.

문신계의 일인자, 아니, 이제는 무명 노인에게 밀려서 이인자가 되었지만 그래도 사회적으로 그 정도 위치에 올라 있는 자신이 고작 쟁자수나 해야 한다는 것에 잔뜩 불만이 어린 표정이었다.

"쟁자수는 좀……."

그래도 심 노인은 무서웠다. 차마 심 노인에게 따지지는 못하고 그래도 조금 만만한 사무진에게 홍연민이 불만을 털어놓았다.

"왜요? 마음에 안 들어요?"

"비록 지금은 내 꼴이 이렇게 초라하지만 자네도 잘 알다시피 내게도 사회적 지위라는 것이 있는데……."

"그럼 뭐가 하고 싶은데요?"

"뭐, 굳이 하고 싶은 것이 있는 것은 아니지만 이곳이 표국이니까 국주 정도가 괜찮을 것 같은데."

이번에는 사무진이 어이없다는 표정을 지었다.

그리고 홍연민에게 말했다.

"국주는 난데요."

"그래? 나도 염치가 있지 자네 자리를 빼앗을 수는 없지. 그럼 아쉬운 대로 부국주 정도로 만족할까?"

"부국주는 심 노인인데요."

심 노인의 매서운 눈초리가 홍연민에게 향했다.

그리고 그 눈빛을 마주한 홍연민이 또 한 번 움찔했다.

"그럼 부국주도 안 되겠군. 암, 그렇고 말고."

"그럼 그냥 쟁자수 할래요?"

"그게 참……."

홍연민이 쉽게 말을 잇지 못하고 당황한 표정을 지을 때, 조용히 듣고 있던 심 노인이 불쑥 끼어들었다.

"교주님!"

"왜요?"

"일단 혓바닥부터 뽑을까요?"

"누구요?"

"누구긴 누구겠습니까? 감히 교주님에게 반말을 찍찍 내뱉고 있는 저놈이지요."

홍연민이 순간 얼어붙었다.

그와 동시에 양손으로 입을 가리며 애절한 눈빛으로 사무진을 바라보았다.

하지만 사무진은 그 애절한 눈빛을 외면했다.

"심 노인은 고집이 세요."

"그게 무슨 뜻인가?"

"한다고 했으면 진짜로 한다는 소리죠."

"자네가 어떻게 좀… 해주시면 안 되겠습니까?"

더욱 매서워진 심 노인의 눈초리를 마주한 홍연민의 얼굴이 사색으로 변했다.

그리고 사무진에게 대하는 말투가 변했다.

그런 홍연민의 당황한 얼굴을 히죽 웃으며 바라보던 사무진이 갑자기 떠오른 듯 심 노인에게 물었다.

"그런데 우리 심가상단의 호위무사들은 어디 갔어요?"

"그게 무슨 말씀이십니까? 교주님과 함께 폐관 수련을 떠났지 않습니까?"

"아직도 안 왔어요?"

설마 하는 표정을 짓던 사무진이 절레절레 고개를 흔들었다.

"하여간 고지식하기는."

그리고 미안한 표정을 지은 채 입을 뗐다.

"호랑이입니다."

"또야?"

"틀림없습니다."

"그래, 이번에는 몇 마리나 몰려왔지?"

"이번에는 수가 적지 않습니다. 아주 호랑이 떼입니다. 적어도 서른 마리는 넘어 보이는데요. 비록 호랑이가 미물에 불과하다고는 하나, 그 수가 적지 않으니 저희도 이번에는 대비를 해야 할 것 같습니다."

흥분한 목소리로 소리를 지르고 있는 원적비, 아니, 이제는 대나무라는 호칭이 더욱 어울리는 막내를 바라보던 매화가 짤막하게 한숨을 내쉬었다.

"쟤 좀 말려."

"칼 들고 뛰어나가지 못하게 잘 잡아."

"벌써 칼 빼 들었는데요."

"뭐 하고 있어? 얼른 가서 말려야지."

잔뜩 긴장한 표정으로 대나무가 검까지 빼 들고 설레발을 치는 것을 난초와 국화가 달려가서 간신히 말리는 것을 보며 매화가 힘없이 고개를 숙였다.

여기 주저앉아서 멍하니 절벽만 바라보고 지낸 지도 벌써 일 년에 가까운 시간이 훌쩍 흘러 있었다.

그리고 시간이 지날수록 부작용이 심해지기 시작했다.

적어도 하루에 한 번 꼴로 호랑이나 멧돼지가 나타났다고 발작하며 검을 들고 설치는 동생들을 말리는 것도 이제는 지겨웠다.

"대체 어디로 가신 겁니까?"

깊은 한숨을 내쉬며 매화가 탄식처럼 한마디를 꺼냈다.

한마디 말도 없이 사라져 버린 교주님의 의도를 매화는 아직도 알 수 없었다.

그래서 이곳을 떠나지 못하고 있었기도 했고.

"형님, 막내 상태가 심상치 않은데요."

"왜?"

"이번에는 용이 나왔다고 난리인데요."

"용? 대체 용은 어떻게 생겼대?"

"머리에 뿔이 두 개 달려 있고, 입에서 화염을 내뿜고 있답니다. 아, 여의주도 물고 있다는데요."

"어릴 때 틈날 때마다 되도 않은 책을 읽더니, 이번에도 적룡이라지?"

"어떻게 아십니까?"

"막내가 읽은 책에는 황룡이나 청룡은 안 나오고 적룡만 나왔거든. 그리고 여의주를 물고 있는데 어떻게 불을 뿜어? 아무래도 좀 재우는 것이 낫겠다."

"그럴까요?"

"적룡이라니… 크윽."

끝까지 반항하던 대나무가 난초에게 목덜미를 얻어맞고 기절하는 것을 확인한 매화가 몸을 일으켰다.

"어디 가십니까?"

"먹을 것 좀 구해올게."

"형님이 고생이 많으십니다."

"굶어죽을 수는 없잖아."

"형님, 혹시……."

"혹시 뭐냐?"

말을 꺼내던 난초가 잠시 주저하는 것을 확인한 매화가 어서 말해보라는 듯이 재촉했다.

그리고 그제야 난초가 조심스럽게 다시 말했다.

"교주님께서 저희를 잊어버리신 것이 아닐까요?"

"설마 그렇기야 할까?"

"제 생각에도 교주님께서 저희를 잊어버리신 것이 틀림없습니다. 도저히 이대로는 안 되겠습니다. 이대로 며칠만 더 있다가는 미칠 지경입니다."

국화까지 나서서 언성을 높이는 것을 보며 매화가 고개를 숙였다.

동생들의 불만을 이해하지 못할 리가 없었다.

사실 그조차도 화가 나서 견디기 힘들 정도였으니까.

긴 시간이 흐르며 신경이 날카롭게 곤두서 있는 것은 물론 몸속의 마기조차도 폭발하기 일보직전이었다.

간신히 억누르고 있을 뿐.

"며칠만 더 기다려 보자."

그래도 그는 맏형이었다.

잔뜩 흥분한 동생들을 다독인 매화가 먹을 것을 구하기 위해 걸음을 옮겼다.

부스럭. 부스럭.

소리가 들리는 곳을 향해 고개를 돌린 매화가 나무 덤불이 심하게 흔들리는 것을 확인하고 눈을 빛냈다.

나무 덤불이 흔들리는 것으로 보아 꽤나 큰 놈이었다.

숨을 죽이며 눈을 빛내던 매화가 돌을 움켜쥔 손에 힘을 더했다.

그들이 이곳에 머문 지도 꽤나 오랜 시간이 흐른 후였다.

처음에만 해도 지천으로 깔린 것이 잡아먹을 동물들이었지만 시간이 지날수록 눈에 띌 정도로 현저히 동물들의 수가 줄었다.

실제로 벌써 며칠째 고기는 구경하지도 못 했고 연근이나 약초 같은 풀 종류만 먹고 지내고 있었다.

자그마한 토끼나 뱀 정도만 되어도 감지덕지할 형편인데, 꽤나 큰 종류의 동물이라는 것을 깨닫자 힘이 솟았다.

'호랑이, 아니면 곰? 곰이면 좋겠는데.'

호랑이 고기는 노린내가 심해서 맛이 없었다.

그에 반해서 곰은 먹을 만했다.

게다가 곰에는 쓸개가 있었다.

심신이 많이 허약해졌는지 요즘 들어서 부쩍 헛것을 자주 보고 있는 막내에게 쓸개를 먹일 수 있으면 좋겠다는 생각을 하며 매화가 조용히 검을 뽑아 들었다.

호랑이나 곰이 맹수라고는 하나, 그 정도를 상대하지 못할 그가 아니었다.

부스럭거리는 소리와 함께 다시 한 번 덤불이 움직이는 것을 확인하자마자 매화가 지체하지 않고 손에 쥐고 있던 돌멩이를 던졌다.

쿵.

꽤나 굵은 노송의 둥치에 부딪친 돌멩이가 바닥에 떨어지는 순간, 매화의 오른손에는 어느새 검이 들려 있었다.

번쩍.

근래 들어 신경이 날카롭게 곤두서 있는 탓인지 그의 검은 이전에 비해 한층 예리해졌다.

번개처럼 떨어져 내리는 일검!

"흐어업!"

그때, 기겁하며 내지르는 비명 소리가 들렸다.

분명히 곰이나 호랑이가 지르는 포효성과는 다른 그 비명 소리를 듣고서 매화가 목표물을 향해 떨어져 내리고 있던 검을 급히 멈춰 세웠다.

그리고 이자는 운이 좋았다.

매화의 검은 울부짖음에 가까운 비명을 지른 자의 머리에서 딱 손가락 한마디 떨어진 거리에서 가까스로 멈추었다.

"넌 뭐야?"

너무 놀라서일까.

얼굴이 벌겋게 달아오른 채 금방이라도 기절할 것처럼 보이는 중년의 사내를 노려보며 매화가 소리쳤다.

"나… 나는……."

"빨리 말 안 해!"

"홍… 연민일세!"

며칠이나 굶은 맹수의 눈빛처럼 잔뜩 핏발이 선 매화의 날카로운 시선과 마주한 후 움츠린 채 홍연민이 이름을 말했지만 매화가 바란 대답은 이것이 아니었다.

"누가 이름 물어봤어?"

"아, 나는… 그러니까 나는……."

"미리 말해두겠는데 내가 정확히 삼 일을 굶었거든. 지금이라면 사람도 먹을 수 있을 것 같아."

"흐으읍!"

잔뜩 얼어붙은 채 홍연민이 비틀비틀 뒷걸음쳤다.

"그러게 따라오지 말라니까."

그런 홍연민의 어깨를 짚으며 사무진이 천천히 걸어나왔다.

"오랜만이네."

"누구지?"

반갑게 인사를 했지만 매화도 심 노인과 마찬가지로 사무진을 알아보지 못했다.

그래도 심 노인보다는 조금 나았다.

낯은 익다고 생각해서인지 고개를 갸웃거리고 있는 매화의 앞에 멈추어 선 사무진이 두 손을 들어 붉은 눈썹을 가리며 입을 뗐다.

"이래도 몰라?"

"교주님?"

"그래. 그나저나 너도 눈썹 참 안 자란다."

그리고 그 말을 들은 매화의 표정이 급격하게 어두워졌다.

초췌하게 변한 얼굴.

덥수룩하게 자란 수염.

가만히 매난국죽을 바라보던 사무진이 희미한 웃음을 지었다.

사무진이 없는 지난 일 년 동안 매난국죽은 거지가 와서 울고 갈 정도로 몰골이 초라하게 변했다.

하지만 그저 몰골만 초라하게 변한 것은 아니었다.

눈빛도 변했다.

손을 가져다 대면 베일 것 같은 날카로움에 광기라고 불러도 좋을 정도로 번뜩이고 있었다.

호랑이나 표범 같은 맹수들이라고 해도 눈싸움을 하면 시선을 먼저 피할 정도로.

그래서일까.

기세도 달라져 있었다.

매난국죽은 가만히 서 있을 뿐인데도 그들의 앞에 마주 선 홍연민은 사시나무처럼 벌벌 떨고 있었다.

그리고 그 원인은 매난국죽 네 사내에게서 자연스럽게 뿜어져 나오고 있는 마기 때문이었다.

"그동안 강해졌네."

잠깐의 침묵을 깨고 흘러나온 사무진의 첫마디를 듣고서 매난국죽 네 사내의 얼굴에 의아함이 떠올랐다.

그들이 이곳에 머무는 동안 한 일이라고는 돌아오지 않는 사무진을 원망하면서 절벽을 뚫어져라 바라보다가 헛것을 본 것이 다였다.

그런데 갑자기 강해졌다고 사무진이 말하니 의심하는 것이었다.

그리고 사무진도 그들의 낌새를 눈치채고서 설명을 덧붙였다.

"마기가 전과는 비교할 수 없을 만큼 강해졌어."

"……?"

"……?"

"전에 내가 말했던 것은 모두 잊어. 이제야 알았지만 내가 가르치려 했던 것은 고작 잡기에 불과했어. 진짜 강한 마인이 되려면 마기가 강해야만 해. 그걸 너무 늦게 알아서 고생만 시켰군. 그래도 이제 충분한 것 같군."

어리둥절한 표정을 짓고 있던 매난국죽 중 가장 먼저 정신을 차린 것은 매화였다.

그리고 매화가 조심스레 물었다.

"무슨 말씀이신지?"

"우선 사과할게. 눈썹은 굳이 안 밀었어도 됐는데."

매난국죽의 눈에서 일순 살기가 뿜어져 나왔지만 사무진은 고개를 돌려서 그 살기를 가볍게 외면했다.

"큼, 큼!"

그리고 헛기침을 하는 사무진에게 홍연민이 질문을 던졌다.

"자네 작품인가?"

"맞아요."

"안 됐구만."

"그렇게 이상해요?"

"인세에 존재해서는 안 되는 괴물들이 떼로 나타난 줄 알았다네. 특히 저기 가슴에 파란색 실로 국화를 그려놓은 자는 말로 설명하기 어려울 정도로군."

딴에는 조심한다고 홍연민은 모기만 한 목소리로 말했지만 매난국죽은 무공이 상승의 경지에 이른 자들이었다.

그의 이야기를 하마디도 놓치지 않았고 금세 인상이 험악해졌다.

특히 국화는 벌써 허리에 걸려 있는 검병에 손을 가져간 상태였다.

"교주님, 저자는 누구입니까?"

"아, 소개가 늦었네. 이분과 나는 몇 달 동안 동고동락했던 사이야."

"그럼 같은 마교도입니까?"

"그런 셈이지."

"직책은 무엇입니까?"

"직책은… 아직 특별히 정해진 것은 아닌데 아마……."

홍연민을 힐끗 바라본 사무진이 애매한 표정을 지으며 대답했다.

"쟁자수 정도."

채앵.

아까부터 검병 위에 손을 얹어놓은 채 이제나저제나 기회만 엿보고 있던 국화가 검집에서 검을 빼냈다.

"함부로 입을 놀린 죄가 있으니 죽이겠습니다."

그동안 가슴속에 쌓아만 두었던 마기가 마음껏 뿜어져 나오기 시작했다.

그리고 그제야 사태를 파악한 홍연민의 안색이 창백하게 변했다.

"이보게."

"왜요?"

"그냥 보고만 있을 텐가?"

사무진의 옆에 딱 들러붙은 채 홍연민이 죽을상을 지었다.

어쩌다 마교에 입문한 지 일주일도 되지 않은 그였다.

하지만 그 짧은 사이에 홍연민은 몇 번이나 심장이 덜컥 내려앉았다.

틈만 나면 혓바닥을 뽑겠다거나 죽이겠다는 협박이 사방에서 날아들고 있었다.

"어차피 한식구인 마당에 잘 좀 지내라니까."

"그게 자네도 보다시피……."

"생각보다 사교성이 떨어지네요."

실망한 표정으로 사무진이 던지는 말을 듣고 억울했지만 홍연민은 딱히 반박할 정신도 없었다.

"그만. 가슴속에 쌓아두었던 마기는 이제 얼마 지나지 않아 마음껏 쓸 테니까 조금만 참으라고."

사무진의 말이 끝나자 매난국죽의 표정이 변했다.

"그 말씀은?"

"이제 마교를 재건할 때가 되었어."

서로를 바라보던 매난국죽 네 사내의 눈에 뜨거운 열기가 피어오르기 시작했다.

찻잔을 탁자 위에 내려놓으며 사무진이 방 안을 둘러보았다.

심 노인과 홍연민, 그리고 매난국죽.

사무진 자신까지 포함한다 하더라도 전부 일곱 명.

지금으로서는 이 집무실 안에 모인 인원이 다시 재건될 마교의 주축이자 전부라고 해도 과언이 아니었다.

하지만 표면상으로만 그럴 뿐이었다.

심 노인은 자신이 호언장담했던 대로 사무진이 떠나 있는 사이 중원 전역에 흩어져 있던 마교도들을 불러 모았다.

물론 시간이 워낙 많이 흐른 데다가, 소문이 나지 않도록 은밀하게 추진하느라 기대만큼 큰 성과는 없었지만.

"전부 몇 명이라고 했죠?"

"서른두 명입니다."

"생각보다 적네요."

"죄송합니다. 세월이 흘러 이미 세상을 떠난 자들도 많았고, 아예 연락이 끊긴 자도 많았습니다. 하지만 이들 모두가 일당천의 실력이 있습니다."

사무진의 붉은 눈썹이 꿈틀했다.

심 노인과 함께하며 몇 번이나 그의 청산유수 같은 언변을 겪었던 사무진이었다.

예전이었다면 순진하게 그 말을 믿었겠지만, 이제는 아니었다.

일단 의심부터 들었다.

"진짜예요?"

"물론입니다. 저희 마교의 인재들은 예전부터 수는 부족했지만 개개인의 실력만큼은 익히 정평이 나 있었습니다."

"이름이 좀 알려졌다면 별호 같은 것도 있겠네요."

"그야……."

조금 전까지만 해도 막힘없이 이야기를 꺼내던 심 노인이 별호가 있냐는 질문을 듣고 머뭇거리기 시작했다.

"그동안 새로 불러 모은 사람들 중에서 어느 정도 별호가 알려진 유명한 사람만 간추려서 보고해 봐요."

"그게 기억이 가물가물해서."

백발을 긁적이면서 심 노인이 눈빛을 피하는 것을 바라보고서 사무진이 짤막하게 한숨을 내쉬었다.

거짓말이라는 것이 눈에 뻔히 보였다.

현재 대천표국 내에 있는 백 명에 가까운 쟁자수들의 이름까지 모두 알고 있는 것으로 모자라 그들의 자식들 이름까지도 줄줄이 꿰고 있을 정도로 기억력이 좋은 심 노인이 모르겠다는 것은 분명 거짓말이었다.

결국 사무진이 홍연민에게로 고개를 돌렸다.

"본 대로, 있는 대로 말해봐요."

"그게… 보기는 봤는데……."

"다른 사람 눈치는 보지 말아요. 아직 잘 모르나 본데 군사라는 직책은 무척 높아요. 장로인 심 노인과 같은 위치예요."

쉽게 입을 떼지 못하고 심 노인의 눈치만 살피고 있는 홍연민에게 사무진이 힘을 실어주었다.

그리고 이건 사실이었다.

쟁자수를 할 바에는 마교를 떠나고 말겠다는 폭탄 선언과 협박, 그리고 끈질긴 설득 끝에 그는 쟁자수 대신 마교의 군사라는 그럴듯한 자리를 차지했다.

앙상한 볼을 실룩이며 째려보고 있는 심 노인을 힐끗 살핀 홍연민이 다시 움츠러들었지만, 이내 결심을 굳힌 듯 입을 뗐다.

"단언컨대 일당천의 고수는 없습니다."

"그럴 줄 알았어요."

"총 서른두 명 중에 열여섯 명은 거동이 불가능한 자들입니다."

"거동이 불가능하다면?"

"걷지도 못한다는 뜻이지요."

"왜요?"

"노환으로 드러누워서 밥만 축내고 있습니다."

"그래도 지금까지 살아 있었던 것이 기적이네요."

"사실 당장 내일 죽어도 이상할 것이 없을 정도입니다."

냉철하고도 적나라한 홍연민의 분석.

그 분석을 듣던 심 노인이 참지 못하고 소리를 질렀다.

"그동안 고생을 많이 해서 기력이 조금 상했을 뿐입니다.

시간이 좀 더 지나면 다시 일당천의 실력을 드러낼……."

"심 노인은 좀 가만있어 볼래요? 계속해 봐요."

한마디로 심 노인의 입을 다물게 한 사무진이 이어질 보고를 기다렸다.

그리고 아직 끝이 아니었다.

"남은 열여섯 명 가운데 열세 명 역시 도움이 될 것 같지는 않습니다."

"왜요?"

"한쪽 팔이나 다리가 없는 자들이 일곱, 나머지는 단전이 파괴되어서 무공을 사용할 능력이 없습니다."

사무진이 이번에는 길게 한숨을 내쉬었다.

혈마옥을 벗어나기 전, 뇌마 노인이 했던 '마교는 망한 것이 아니라 때를 기다리며 숨죽이고 있다'는 말이 떠올랐다.

그리고 그 말이 떠오르는 순간, 역시 그 말을 순순히 믿는 것이 아니었다는 후회가 밀려들었다.

아무래도 숨죽인 채 때를 기다리던 시간이 너무 길었던 것이 틀림없다.

대부분이 노환으로 죽기 일보직전이니.

"아직 할 말이 남아 있어요?"

"그럼요. 아직 세 명이 남아 있지 않습니까? 그들이야말로 일당천의 실력을 가진 마교도들입니다."

심 노인은 역시 뻔뻔했다.

보통 사람이라면 이미 기가 죽었을 텐데 지금도 여전히 고개를 빳빳이 든 채 상기된 얼굴로 열변을 토하고 있었다.

"사실이에요?"

미심쩍은 표정으로 사무진이 홍연민에게 물었다.

그리고 이번에도 역시나 홍연민의 표정은 별로였다.

"일당천의 실력은 아니지만 그래도 대단한 고수이기는 합니다."

"그런데요?"

"문제가 좀 있습니다. 성격이 좀……."

"성격이 어떤데요?"

"더럽습니다."

홍연민이 잔뜩 표정을 일그러뜨린 채 꺼내는 대답을 듣고서 사무진이 고개를 갸웃했다.

다른 누구도 아닌 마교의 인물들이었다.

그러니 성격이 안 좋은 것은 어쩌면 당연한 것이었다.

이건 혈마옥 안에 갇혀 있던 희대의 살인마들만 보더라도 충분히 예상할 수 있는 것이었다.

"그건 당연한 거 아닌가?"

"그게… 마도삼기(魔道三器)라고 들어보셨습니까?"

"마도삼기?"

사무진이 고개를 흔들었다.

얼마 전까지만 해도 전대 마교 교주의 이름도 몰랐던 사무진이 마도삼기에 대해서 들어보았을 리가 없었다.

그리고 그것을 예상했다는 듯 홍연민이 설명하기 시작했다.

"삼십 년 전에 마교가 몰락하고 난 후에 공공연히 이런 얘기가 나돌았었습니다. 만약 마도삼기가 당시 그 자리에 있었다면 어쩌면 마교는 그렇게 쉽게 무너지지 않았을 것이라고. 세인들의 평가가 그 정도에 이를 정도로 그들의 실력은 대단했습니다."

"그래요?"

"다만 누구의 명령을 듣는 것을 체질적으로 싫어했습니다. 심지어는 당시 마교의 교주의 명령조차도 들은 척을 하지 않았었지요."

"대가 센가 보네요."

"아마 교주님의 명령도 듣지 않을 가능성이 큽니다."

걱정스런 표정으로 말을 마치는 홍연민에게서 고개를 돌린 사무진이 심 노인을 바라보며 물었다.

"심 노인 말도 안 들어요?"

"그게… 꼭 말을 안 듣는 것은 아닙니다."

"그럼요?"

"솔직히 말씀드리면 아는 척도 하지 않습니다."

"에요?"

"예전에 장부나 적던 놈과 말을 섞을 가치조차도 없다고 하더군요. 사실 그자들이 좀 건방지기는 합니다."

얼마 전, 그들에게 괄시받은 기억이 나서인지 심 노인이 처음으로 내심에 감추고 있던 이야기를 꺼내놓았다.

"심 노인은 마교의 장로잖아요."

"그 말을 꺼냈다가 요즘은 개나 소나 장로를 하냐는 비웃음만 사고 돌아왔습니다."

그때 당한 수모가 억울해서일까.

앙상한 주먹을 꽉 쥐고서 분한 표정으로 꺼내는 심 노인의 이야기를 듣고 사무진이 몸을 일으켰다.

"버릇이 없네요."

"네?"

"마도삼기인가 뭔가 하는 놈들 말이에요. 감히 마교의 장로에게 그런 말을 꺼냈으니 용서할 수가 없네요."

"어쩌려고 그러십니까?"

"버릇이 없으면 고쳐야지요."

"하지만 그자들은 전대 교주님조차도 포기했던 자들인데."

"나 못 믿어요?"

쿵. 쿵. 쿵.

그 말이 떨어지기 무섭게 심 노인이 두 눈을 빛내며 이마를 바닥에 찧기 시작했다.

"죽을죄를 지었습니다. 감히 교주님의 능력을 의심하는 불경을 저질렀습니다."

"뭐, 특별한 방법이 있는 것은 아니에요."

"어떻게 하실 생각인지 여쭤도 되겠습니까?"

"궁금해요?"

"물론입니다."

"반복 학습!"

사무진이 명쾌하게 답을 꺼내놓았다.

그리고 홍연민은 그 말에 담긴 의미를 눈치채고 희미한 웃음을 지었지만 심 노인은 이해가 가지 않는 듯 고개를 갸웃했다.

"반복 학습이라면 어떤 것을 말씀하시는 것입니까?"

"내가 이번 폐관 수련 중에 깨달은 것인데……."

"어떤 깨달음을 얻으셨습니까?"

"때려요."

"네?"

"때리고 또 때려요. 그래도 말을 안 듣는다? 그럼 또 때려요. 순순히 말을 들을 때까지. 그러다 보면 어느 순간 말을 듣더라구요."

"그런 방법이 통하겠습니까?"

왠지 불안한 표정을 짓고 있는 심 노인을 향해 사무진이 안심하라는 듯 씨익 웃음을 지어주었다.

"좀 무식한 방법이기는 하지만 직접 겪어보니 이만한 방법이 또 없더라구요. 한번 믿어보세요."

쿵.

아직 문을 닫기에는 한참 이른 시간이었지만 대천표국은 문을 닫았다.

심 노인에게 일찌감치 문을 걸어 잠그도록 지시한 사무진이 오른손에 숟가락 하나만을 든 채 마도삼기가 머물고 있는 별채 쪽으로 걸음을 옮겼다.

그런 사무진의 뒤로는 호위무사인 매난국죽이 당연하다는 듯이 따라붙었고 심 노인과 홍연민까지도 행렬에 동참했다.

"교주님!"

"또 왜요?"

"외람된 말씀이지만 병기를 좀 바꾸시는 것이 어떻습니까?"

넌지시 심 노인이 꺼내는 이야기를 듣고 사무진이 시선을 돌렸다.

그리고 숟가락을 물끄러미 바라보다 물었다.

"걱정돼요?"

"그럴 리가요. 교주님의 능력을 미천한 제가 어찌 의심할 수 있겠습니까? 다만 교주님의 채신 문제도 있으니 검이나도 같은 병기로 바꾸는 것이 어떨까 해서입니다. 말씀만 하시면 천하제일의 보검이나 보도를 당장에 구해보겠습니다.”

“그러지 말고 솔직히 말해봐요. 전에 내 실력을 보고 나서 지금 불안해하고 있는 것 같은데.”

“큼, 큼.”

정곡을 찔린 듯 심 노인이 헛기침을 했다.

그리고 변명하듯 말했다.

“그날은 교주님께서 말씀하시지 않으셨습니까? 몸이 별로 안 좋다고. 저는 그 말을 믿습니다.”

차마 마도삼기에게 얻어맞을까 봐 걱정이 된다는 말은 꺼내지 못하고 말을 이리저리 빙빙 돌리고 있는 심 노인을 향해 더는 아무런 대답도 않은 채 사무진은 다시 걸음을 옮기기 시작했다.

그러자 심 노인은 이번에는 매난국죽 네 사내의 대장인 매화를 붙잡고서 은밀히 명령을 하달하기 시작했다.

“미리 말해두겠지만 최후의 순간에는 시간이라도 끌어라. 내가 교주님을 모시고 도망칠 테니까.”

“마도삼기가 그 정도로 강합니까?”

“당시 마교의 장로님들을 제외하고 그들을 상대할 수 있었던 인물들은 마교 내에는 없었다.”

“그 정도라니… 하지만 교주님께서도 본신 실력이…….”

"직접 봤다."

"무엇을 말입니까?"

"전에 너희들이 도착하기 전에 교주님께서 신병이기 숟가락을 들고서 실력을 보여주신 적이 있었다."

"표사들을 상대하실 때 말씀입니까?"

"그래."

"어땠습니까?"

"몸이 별로 좋지 않다고 하셨지만……."

"그럼?"

"앞으로도 쭉 몸이 좋지 않으실지도 모른다."

심 노인이 심각한 표정으로 입을 뗐다. 그래도 심 노인 딴에는 사무진에게 들리지 않도록 귓속말로 속삭이고 있었지만, 귀가 무척 밝은 사무진에게 들리지 않을 리가 없었다.

"다 들리거든요."

"설마요?"

"작게나 말하던가."

마음이 상해서 툭 쏘아붙인 사무진이 별채 앞에 도착하자마자 입을 뗐다.

"심 노인만 저와 함께 들어갑니다. 다른 사람들은 여기서 기다려요."

"하지만……."

"제발 부탁인데, 시키는 대로 좀 할래요?"

단단히 엄포를 놓은 사무진이 마도삼기가 머물고 있는 별채 안으로 심 노인과 함께 걸음을 옮겼다.

# 第四章

## 배첩(拜帖)

共同
傳人
공동전인

끼이익 소리와 함께 별채의 문이 열렸다.

별채 안으로 들어선 사무진의 눈에 가장 먼저 들어온 것은 탁자 위에 나뒹굴고 있는 술병들이었다.

코끝을 찌르는 주향이 나쁘지 않다는 생각에 잠시 코를 벌름거린 뒤 사무진이 탁자 주위에 앉아 있는 세 명의 노인을 살피려 할 때였다.

"마침 잘 왔어. 가서 술 좀 더 가져와."

눈이 쫙 찢어져서 무척이나 날카로운 인상을 풍기는 노인이 사무진을 손가락으로 가리키며 소리쳤다.

그리고 평소라면 감히 어느 안전이라고 그따위 망발을 늘어놓느냐고 호통을 쳤을 심 노인이 오늘은 조용했다.

"제가 가져올까요?"

심지어 술심부름을 자청하기까지 했다.

"왜 심 노인이 가요?"

"교주님이 가실 수는 없으니 대신 제가 가겠습니다."

"그러지 말아요."

"네?"

"그냥 평소에 하던 대로 해요. 보자, 보통 이런 때라면 심 노인이 이렇게 소리쳤겠네요. 일단 저 미친 놈의 혓바닥부터 뽑을까요? 맞죠?"

"그게 맞기는 한데."

"정 내키지 않으면 내가 대신 할게요. 어떻게 혓바닥부터 뽑아줄까요?"

쿵.

사무진이 씨익 웃으며 한마디를 던진 후 별채의 문을 힘껏 닫았다.

이제 여기서는 아무도 나갈 수 없다는 듯이.

그리고 그 말을 듣자마자 마도삼기의 살기 어린 시선이 일제히 사무진과 심 노인에게로 쏟아졌다.

"넌 뭐냐?"

"천마!"

사무진이 가볍게 대꾸했다.

그리고 그 대답을 듣고서 흥미를 느낀 듯 탁자에 앉아 있던 마도삼기가 일제히 자리에서 일어났다.

"이거 의외로군."

"뭐가?

"새로운 교주가 나타났다는 이야기를 듣고 궁금했었는데. 아직 젖비린내가 나는 놈일 거라고는 꿈에도 예상하지 못했거든."

"그래서?"

"그냥 그런 생각이 드는군. 이런 젖비린내 나는 놈이 마교의 교주라니 마교는 정말 끝났구나, 라는."

가뜩이나 눈이 작은 노인이었는데 웃으니 더 작아져서 아예 보이지도 않을 정도였다.

그리고 그 노인의 뒤에 서 있던 나머지 노인들도 비웃음을 띠고 있는 것을 확인한 사무진도 히죽 웃었다.

"누가 했던 말이랑 비슷하네."

"무슨 소리지?"

"전에도 누가 비슷한 말을 했었거든. 그 말은 안 했다면 더 좋았을 텐데. 아까까지는 장난이었는데 이제는 내가 진짜로 화가 났거든."

숟가락을 쥔 손에 힘을 더하며 사무진이 심 노인에게로 고개를 돌렸다.

"무두이 가거왔고?"

"가져오기는 했습니다. 그런데 이걸로 대체 뭘 하실 생각입니까?"

"그래도 미우나 고우나 한식구인데 눈을 뽑아서 장님을 만들기는 좀 그렇잖아요. 교주가 앞에 있는데도 무릎도 꿇지 않으니 다리만 부러뜨릴 생각이에요."

"교주님!"

"아무 걱정 말고 구경이나 하세요."

심 노인에게 한마디를 남기자마자 사무진이 흐릿한 웃음을 지었다.

그리고 한순간 사무진의 신형이 사라졌다.

예고도 없이 사라졌던 사무진의 신형이 다시 나타난 것은 아까 젖비린내가 난다고 말하며 낄낄 웃던 노인의 앞이었다.

스릉.

갑자기 코앞에 나타난 사무진을 보고 노인이 재빨리 검병에 손을 가져갔다.

하지만 낄낄 웃고 있던 노인의 검은 검집에서 반도 빠져나오지 못했다.

빠각.

숟가락이 노인의 머리를 제대로 강타했다.

"자네!"

"마섬검(魔閃劍)!"

여유있게 팔짱을 끼고서 구경을 하던 남은 두 노인의 입에서 경악스런 음성이 터져 나왔다.

하지만 마섬검 윤극에게는 대답할 여유가 없었다.

"아파?"

숟가락에 정통으로 머리를 얻어맞은 충격이 커서인지 신형을 비틀거리며 뒤로 물러나는 윤극의 코앞으로 사무진이 얼굴을 들이밀었다.

그리고 뒤로 물러나는 와중에 무심결에 고개를 끄덕이고 있는 윤극을 향해 사무진이 웃음을 지어주었다.

"참아. 이제부터 시작이니까."

빛살 같은 속도로 사무진의 숟가락이 다시 떨어져 내렸다.

그리고 검집에서 검도 빼내지 못한 윤극이 할 수 있는 것은 양팔을 들어 올려 머리를 감싸는 것이 다였다.

하지만 그조차도 여의치 않았다.

사무진의 손에 들린 숟가락은 윤극의 양손보다 훨씬 빨랐다.

"크악!"

박이 깨지는 듯한 경쾌한 소리와 함께 윤극의 입에서 고통에 찬 비명성이 마침내 터져 나오기 시작했다.

주춤주춤 뒤로 물러나다 더는 견디지 못하고 바닥에 주저앉기 일보직전의 순간에, 한 자루의 도가 사무진에게 다가왔다.

유극의 위기를 깨닫고 도와주기 위해서 마환도(魔幻刀) 장경이 휘두른 도.

그러나 사무진의 짤막한 숟가락은 장경이 휘두른 도와 정면으로 부딪치고도 전혀 밀리지 않았다.

오히려 밀려난 것은 장경의 도였다.

가볍게 도를 튕겨낸 사무진은 지체하지 않고 들고 있던 숟가락을 인상을 쓰고 있는 장경에게 던졌다.

쐐애액.

사무진과 장경 사이의 거리는 가까웠다.

이런 가까운 거리에서 갑자기 자신의 병기를 암기처럼 날릴 것이라 예상하지 못했던 장경은 당황할 수밖에 없었다.

하지만 장경도 백전노장의 고수.

엉겁결에 도를 들어 올려서 무서운 속도로 날아들고 있는 숟가락을 쳐냈다.

그러나 숟가락을 쳐냈다고 해서 방심하기에는 일렀다.

어느새 코앞으로 사무진이 다가와 있었다.

반쯤 굽힌 양 무릎.

마치 기마 자세를 취한 것처럼 양 무릎을 살짝 굽힌 채, 굳건하게 지면 위에 버티고 서 있던 사무진이 오른팔을 뒤로 뺐다.

"영광인 줄 알아요."

"……?"

"백 년 만에 꺼내는 필살기니까."

퍼엉.

대체 무슨 말도 안 되는 소리냐고 소리를 지르려던 장경이 급히 입을 다물었다.

그리고 방어하기 위해 장경이 본능적으로 양팔을 교차하고 있는 위로 사무진의 오른 주먹이 강타했다.

"크헉!"

내부를 진탕시키는 일권.

사무진이 내지른 일권의 위력으로 인해 내부가 진탕된 장경의 입에서 참지 못하고 비명성이 터져 나왔다.

일권에 실려 있는 내력의 힘을 모두 해소하지 못한 장경이 주춤거리며 뒤로 정신없이 물러날 때, 고개를 갸웃하고 있던 사무진도 앞으로 달려나갔다.

그리고 뒤로 밀려나고 있는 장경의 앞에 얼굴을 들이밀고 물었다.

"어때요? 아팠어요?"

목구멍을 타고 넘어온 선혈을 입안에 가득 물고 있던 장경이었다.

그 선혈을 삼키지도 뱉지도 못하고 있는 장경인만큼 당연히 대답을 할 수 있을 리가 없었다.

그리고 현재 처해 있는 자신의 상황을 설명하기 위해 장경이 고개를 흔들자마자 사무진이 중얼거렸다.

"별로 안 아프죠!"

"……."

"거의 비슷하게 따라한 것 같은데 역시 차이가 좀 있는 것 같네요. 몇 번만 더 연습하면 똑같이 될 것 같기는 해요."

사무진의 왼손이 장경의 멱살을 움켜쥐었다.

그 순간, 다시 기마 자세를 취한 사무진의 오른손이 빛살같은 속도로 움직였다.

퍼엉. 퍼엉. 퍼엉.

가죽 북이 터지는 소리!

단파삼권이 고스란히 배에 틀어박히자 장경의 얼굴이 백지장처럼 창백하게 변했다.

그리고 뒤로 날아가는 장경의 입에서 빠져나온 붉은 피가 허공에 뿜어졌다.

일 장이 넘게 날아가다가 벽에 부딪치고 나서 주저앉아 있는 장경을 바라보며 사무진이 고개를 끄덕였다.

"아까보다는 훨씬 낫네. 한 서너 번만 더 연습하면 완벽해질 것 같은데."

사무진의 입가로 새겨지는 하얀 선 하나.

하지만 지금 사무진의 입가에 떠올라 있는 그 웃음이 장경에게는 마치 저승사자의 웃음처럼 소름이 끼쳤다.

그래서 한 걸음이라도 더 멀어지기 위해 주저앉은 채 뒷걸음질을 치던 장경은 사무진의 앞을 막아선 마령삭(魔靈索) 제원상을 보고 안도의 한숨을 내쉬었다.

제원상의 손에는 핏빛 낫 두 자루가 들려 있었다.
강호에서는 혈겸이라 불리는 기병.
딸랑. 딸랑.
한때 강호 전체를 공포로 몰아넣었던 핏빛 낫에 달려 있는 자그마한 방울이 흔들리며 기명이 흘러나오고 있었다.
심령을 뒤흔드는 방울 소리!
그 방울 소리를 듣고서 사무진이 얼굴을 찡그리는 것을 보고서 수모는 여기까지라는 확신이 들었다.
그리고 그 핏빛 낫이 두 가닥 붉은 호선을 그릴 때만 해도 이제 저 젖비린내 나는 놈의 몸뚱이가 반으로 갈라질 것을 추호도 의심하지 않았다.
하지만 이번에도 숟가락이 문제였다.
깡. 깡.
혈겸이 막혔다.
그리고 두 자루의 혈겸을 모두 막은 뒤 숟가락을 들어서 살피던 사무진의 얼굴이 벌겋게 달아오르는 것이 보였다.
"이 빠졌잖아!"
악에 받힌 그 외침을 듣고서 장경은 기가 막혔다.
당연한 일이었다.
아니, 고작 이만 빠진 것이 오히려 기적이었다.
강호를 공포로 몰아넣었던 기병인 혈겸과 부딪치고도 잘려 나가지 않았다는 것이 신기한 일이었다.

그리고 제원상도 같은 생각을 한 듯 기가 막힌 표정을 짓고 있을 때였다.

"지금 무슨 짓을 저질렀는지 알아요?"

"……."

"적당히 하려고 했는데 안 되겠네요. 특별히 백오십 년 만에 꺼내는 필살기를 보여줄 테니 살려면 알아서 피해요."

숟가락을 쥔 손을 부들부들 떨면서 사무진이 앞으로 내밀었다.

"황룡출세!"

뒤이어 사무진이 외친 일갈!

그 일갈을 듣고서 장경이 눈을 치켜떴다.

거짓말이었다.

황룡출세라고 하더니 황룡은 보이지 않았다.

하지만 적룡이 대신 모습을 드러냈다.

누런색이 아니라 붉은색이라는 것이 달랐지만 튀어나온 것이 용이라는 것은 틀림없었다.

그리고 날카로운 안광을 뿜어내던 적룡이 다가오는 두 자루의 혈겸을 향해 이글거리는 화염을 뿜어냈다.

그 화염은 혈겸을 삼킨 것으로 모자라 제원상의 신형까지 삼켜 버렸다.

"크아악!"

찢어질 듯한 비명 소리와 함께 제원상의 신형이 뒤로 날아갔다.

그리고 볼썽사납게 바닥을 뒹굴고 있는 모습을 보며 장경이 입을 쩍 벌릴 때 사무진이 고개를 갸웃하며 중얼거렸다.

"왜 빨간 용이 나오지?"

"천마불사!"

쿵. 쿵. 쿵.

하늘 높이 양팔을 들고 '천마불사' 를 외치던 심 노인이 어김없이 취미 생활을 즐기는 것이 보였다.

노안에서 금방이라도 눈물을 쏟아낼 것처럼 감동받은 표정인 심 노인을 향해 사무진이 히죽 웃었다.

"어땠어요?"

"잠시라도 교주님을 의심했던 죄인을 죽여주십시오."

"뭘, 그런 것가지고 죽을죄까지야……."

"폐관 수련을 핑계로 기루에서 시간을 보내다 오신 줄 알았습니다. 하지만 교주님의 신위를 보며 확실히 깨달았습니다. 폐관 수련 동안 교주님의 성취를 감축드립니다."

심 노인을 바라보던 사무진이 시선을 돌렸다.

아까까지만 해도 오붓하게 앉아서 낮술을 즐기고 있던 마도삼기가 반쯤 넋이 나간 채로 바닥에 주저앉아 있는 것이 보였다.

그래도 자존심은 남아 있는지 악착같이 몸을 일으키는 마도삼기 중 장경을 향해 다가간 사무진이 얼굴을 들이밀었다.

"아파요?"

"……."

"일단 좀 맞았으니까 이제 얘기를 좀 나눌 때가 된 것 같은데. 어때요? 같이 술 한잔할래요?"

희미한 웃음을 머금은 채 사무진이 꺼낸 제안을 듣고 잠시 망설이던 장경이 결국 고개를 끄덕였다.

"좋네."

"진즉에 이렇게 협조적으로 나왔으면 무식하게 폭력을 쓰지 않고 대화로 해결할 수 있었잖아요. 거기도 괜히 인상 쓰고 있지 말고 이리로 와요."

윤극과 제원상도 탁자 앞으로 불러 모은 사무진이 심 노인에게서 술병과 새로 준비한 술잔을 건네받았다.

"일단 한잔씩 받아요."

사무진이 술을 따라주었다.

"자, 건배할까요?"

그리고 갈색 액체가 담긴 술잔을 받아 들고 있던 마도삼기가 가볍게 잔을 부딪치고 호방하게 한입에 털어 넣었다.

하지만 사무진은 슬쩍 입만 대고 한 방울도 넘기지 않았다.

대신 술을 마신 마도삼기를 유심히 살폈다.

"크흑."

"큭."

그리고 술을 마신 마도삼기의 입에서 거의 동시에 고통에 겨운 신음성이 흘러나오는 것을 들으며 사무진이 씨익 웃었다.

"술맛이 별로인가 보네요?"

사무진이 가져온 것은 술이 아니었다.

다름 아닌 갈근산이었다.

모르긴 몰라도 지금쯤 식도가 타들어가고 있을 터였다.

"견딜 만해요?"

굳이 묻지 않아도 상태를 모를 리 없지만 오만상을 쓰면서 얼굴을 찡그리고 있는 마도삼기를 보면서 사무진은 시치미를 뚝 떼고 물었다.

"독… 이냐?"

"비겁하게 독을 쓰다니……."

목을 부여잡고 비틀거리고 있던 장경과 제원상이 볼살을 푸들푸들 떨며 소리 질렀지만 사무진은 고개를 흔들었다.

"요즘 촌스럽게 독을 쓰는 사람이 어디 있어요?"

"그럼 네놈이 쓴 것은 대체 뭐란 말이냐?!"

잔뜩 흥분한 채 소리를 지르는 윤극을 바라보던 사무진이 짤막하게 한숨을 내쉬었다.

"갈근산이에요."

"갈근산?"

"목이 마를 것 같아서 준비했는데 별로 고맙지 않나 보네요. 그게 좀 쓰기는 해도 몸에는 좋아요. [illegible] 사남노

펄쩍펄쩍 뛰어오르게 하거든요."

"이런 미친……."

"때릴 때는 때리더라도 중간에 먹이기는 해야 한다고 그러더라구요. 쓸데없는 말 하지 말고 힘을 아껴요. 아직 멀었으니까."

사무진이 다시 미소를 지어주었다.

그 미소를 마주한 마도삼기의 표정이 굳어졌다.

그리고 안색까지 창백하게 변했지만, 그렇다고 해서 봐줄 정도로 사무진의 마음이 너그럽지는 않았다.

아까도 말했지만 사무진은 진짜로 화가 난 상태였다.

"단파삼권!"

사무진이 쩌렁쩌렁한 일갈과 함께 주먹을 날렸다.

털썩.

그리고 단파삼권을 얻어맞은 장경이 이미 쓰러져 있는 윤극의 옆에 힘없이 무릎을 꿇으며 입에서 폭포수처럼 선혈을 토해냈다.

하지만 아직 끝이 아니었다.

"황룡출세, 아니, 적룡출세!"

적룡이 내뿜은 화염이 제원상을 덮쳤다.

딸랑딸랑.

제원상의 양손에 들려 있던 혈겸에서 방울 소리가 흘러나왔다.

하지만 그 방울 소리는 강렬한 화염에 묻혔다.

평소에 목숨보다 소중히 여긴다는 두 자루의 혈겸까지 놓친 채, 제원상은 볼썽사납게 바닥을 나뒹굴었다.

"자, 다음은 누가 할래요?"

사무진이 히죽 웃으며 숟가락을 들어 올리자 마도삼기가 거의 동시에 소리쳤다.

"우리가 졌다!"

"그만해라!"

"더 할 생각이라면 차라리 우리를 죽여라!"

그리고 그제야 사무진이 쉴 새 없이 휘두르던 숟가락을 마침내 멈추었다.

얼마나 때렸는지 숟가락이 뜨거울 정도였다.

원래의 형태를 찾아보기 힘들 정도로 붓고 터져 있는 마도삼기의 얼굴을 보니 그제야 화가 좀 풀렸다.

"계속 반말할 거예요?"

숟가락을 품속에 집어넣고 뒷짐을 진 채 꺼낸 말이 끝나기 무섭게 마도삼기가 동시에 고개를 흔들었다.

"이제 꼬박꼬박 존댓말을 쓰겠습니다."

"맹세합니다."

"저도 맹세합니다."

그리고 재빨리 내답하는 마도삼기를 힐끗 본 사무진이 심 노인에게로 고개를 돌렸다.

"이제 정신을 좀 차린 것 같네요."

"제 눈에도 그렇게 보입니다."

"별로 세지도 않네요. 일당천은 힘들 것 같은데."

"교주님이 너무 강하신 겁니다."

"에이, 오늘 몸 상태가 좋아서 그래요."

"교주님의 몸 상태가 늘 오늘만 같기를 기원하겠습니다."

심 노인의 아부 실력은 날이 갈수록 발전하고 있었다.

그리고 지금 보여주고 있는 놀라운 아부 실력 하나만으로도 마교의 장로 자리를 차지할 자격이 있었다.

그리고 사무진이 생각하는 마교의 장로는 다른 이들에게서 존경을 받아야 했다.

"심 노인도 분이 풀릴 때까지 때리세요."

"누구를 말씀이십니까?"

"마도삼기요."

"말도 안 됩니다."

"왜요?"

"제가 어떻게 그럴 수가 있겠습니까?"

손사래를 치면서도 심 노인은 마도삼기의 눈치를 살폈다.

그리고 마도삼기가 강렬하게 쏘아내고 있는 눈빛들을 확인하고서는 아쉬운 듯 입맛을 다실 때였다.

"눈 깔아요."

눈치 빠른 사무진이 한마디를 던지자마자 심 노인을 노려보고 있던 마도삼기가 바닥으로 고개를 처박았다.

"장로니까 좀 패도 돼요."

"그럴까요?"

"그럼요. 그래야 권위가 선다니까요."

"교주님께서 그리 말씀하시니 그럼 몇 대만 때리고 오겠습니다. 퉤, 퉤."

마지못해서 나선다고 하던 심 노인은 손바닥에 침까지 뱉어 문지르고 난 뒤 힘껏 몽둥이를 움켜쥐었다.

퍼억. 퍼억.

"감히 교주님을 마주했음에도 불구하고 알아보지 못한 죄, 그리고 무릎을 꿇지 않은 죄. 두 눈을 뽑고 두 다리를 잘라서 벌해야 하나 교주님이 하해와 같은 은혜로 용서해 주시니 이 정도로 끝나는 건 줄 아시게. 그리고 이건 내 자랑은 아니지만 나도 마교의 장로이니 앞으로 내 앞에서 반말을 하면 죽여… 헉, 헉."

심 노인이 거칠게 숨을 몰아쉬었다.

그리고 그런 그의 손에는 어느새 다 부서지고 손잡이만 남은 몽둥이가 들려 있었다.

좀 더 단단한 몽둥이를 가져오지 못한 것이 못내 아쉬운 듯 입맛을 다시고 있던 심 노인이 사무진의 곁에 바짝 달라붙었다.

"몽둥이를 몇 개 더 가져올 걸 그랬습니다."

"생각보다 박력있는데요."

"명색이 마교의 장로인데 이 정도는 해야 하지 않겠습니까?"

"혹시 나 몰래 몸에 좋은 영약 먹고 있는 건 아니죠?"

"그럴 리가 있겠습니까?"

"조금 의심스럽기는 하지만 믿어줄게요. 그보다……."

사무진이 망연자실한 표정으로 처량하게 바닥에 주저앉아 있는 마도삼기에게 입을 뗐다.

"하나 궁금한 게 있는데요."

"뭐든지 물어보십시오."

"들어보니 전대 교주에게는 충성하지 않았다고 하던데. 왜 그랬어요?"

"그 이유는 마교를 이끌 만한 재목이 아니라고 판단했기 때문입니다."

일말의 망설임도 없이 흘러나오는 대답을 듣고서 사무진은 다시 궁금해졌다.

"그럼 나는 어때요?"

"역대 가장 훌륭한 교주님이 아닐까 생각합니다."

마도삼기가 일제히 대답하는 것을 듣고 사무진이 히죽 웃었다. 무명 노인의 말이 맞았다.

매에는 장사가 없다는 말은 틀리지 않았다.

반나절에 걸친 반복 학습이 끝나자 삐딱하던 마도삼기는

언제 그랬냐는 듯 착실한 마교도로 변신해 있었다.

"제 생각도 그렇습니다."

때를 놓치지 않고 끼어든 심 노인이 사무진에게 물었다.

"그런데 마도삼기에게는 어떤 자리를 맡기는 것이 좋겠습니까?"

"그래도 여기까지 왔는데 한자리 줘야겠죠?"

"그렇습니다."

"생각해 둔 자리가 있어요?"

"그야 당연히 쟁자수 정도… 그래도 실력이 있으니 괜찮은 자리를 줘야 하지 않을까 싶습니다."

냉큼 쟁자수라는 답변을 꺼내놓으려 했던 심 노인이 살기까지 담겨 있는 마도삼기의 시선들을 마주하고서 꼬리를 내렸다.

"내가 생각해 둔 자리가 있어요."

"설마?"

"설마 뭐예요?"

"장로보다 높은 자리를 주는 것은 좀……."

심 노인이 안절부절못하고 조심스레 대답을 꺼냈다.

동시에 마도삼기의 시선이 더욱 강렬해질 때 사무진이 대답했다.

"문지기가 적당할 것 같은데요."

"문지기라면?"

"문지기 몰라요?"

"지금 교주님께서 말씀하시는 것이 마교의 정문을 지키는 무인들을 말씀하시는 게 맞습니까?"

"알면서 왜 모른 척이에요."

심 노인이 놀란 표정을 감추지 못하고 눈을 크게 떴다.

심 노인도 놀랐겠지만 진짜 놀란 것은 마도삼기였다.

지금 혈마옥에 갇혀 있는 마교의 장로들을 제외하고서 마교 내에서 가장 강했다고 알려진 마도삼기였다.

그리고 비록 악명이 대부분이라고는 하나 강호에서 그들의 명성이나 배분은 결코 낮은 것이 아니었다.

당장 항주에서 꽤나 이름을 날리고 있는 문파들 중 어느 곳에나 연락없이 찾아간다 하더라도 귀빈 중의 귀빈으로 대접받을 그들이었다.

물론 속마음이야 어떨지 모르지만 적어도 그들의 앞에서는 웃는 얼굴로 원하는 것이라면 뭐든지 들어줄 것이었다.

그런데 문지기라니.

어느 문파에 가더라도 가장 말단 무인들이나 맡는 역할 중 하나인 문지기를 맡길 생각이라니 말 그대로 미치고 팔짝 뛸 노릇이었다.

마음 같아서는 당장에 따지고 싶었다.

고작 주판알이나 튕기던 심두홍이라는 놈이 장로 자리를

떡 하니 꿰찼는데, 그보다 높은 자리를 맡겨야 되는 게 아니냐고.

하지만 그게 쉽지가 않았다.

얼마나 얻어터졌는지 아직까지도 뼈마디가 욱씬거리며 비명을 질러대고 있는데 감히 어찌 따질까.

눈을 마주치는 것조차도 겁이 나는 마당인데.

그러나 이렇게 가만히 있을 수도 없었다.

아무래도 농담을 하는 것 같지 않았다.

이렇게 입 다물고 가만히 있다가는 정말로 문지기 신세가 되고 말 것 같았다.

결국 서로 눈치만 보던 마도삼기 중 가장 연장자인 장경이 나섰다.

"저희가 문지기를 하는 것은 좀……."

"더 맞고 싶어요?"

"그럴 리가요. 다만……."

"눈 깔아요."

장경이 시키는 대로 황급히 고개를 떨구었다.

그리고 사무진과는 전혀 대화가 통하지 않는다는 것을 깨달은 마도삼기는 다른 방법을 이용했다.

[죽을래?]

만만한 심 노인에게 장경이 살기를 가득 담아 전음을 날렸나.

다행히 효과는 바로 나타났다.

심 노인은 안색이 창백하게 변한 것으로 모자라 오한이라도 찾아온 것처럼 살짝 몸을 떨었다.

"왜 그래요?"

"신경 쓰지 마십시오. 귓가가 윙윙거리는 것이 아무래도 파리가 있나 봅니다."

태연하게 대답한 심 노인이 갈등하는 것이 보였다.

그 갈등을 없애주기 위해 이번에는 윤극이 살기등등한 전음을 날렸다.

[장로보다 높은 직책으로 안 바꿔주면 넌 내 손에 죽는다.]

이번에도 심 노인이 몸을 부르르 떨었다.

[혈겸으로 형체조차 찾을 수 없을 정도로 처참하게 찢어주마.]

마지막 제원상의 전음까지.

그리고 이제는 확실히 의사가 전달되었다고 마도삼기가 안도할 때, 심 노인이 장고 끝에 입을 뗐다.

"교주님!"

"왜요?"

"자꾸 전음을 날리는데요."

"누가요?"

심 노인은 대답하지 않았다.

대신 손가락을 들어서 고개를 떨구고 있는 마도삼기를 가리켰다.
"장로 자리를 내놓지 않으면 절 죽이겠다는데요."
"아직 정신 차리려면 멀었네요."
"아무래도 그런 것 같습니다."
"장로는 얼어죽을, 문지기 확정입니다."
냉정하기까지 한 사무진의 말을 듣고서 마도삼기는 일제히 고개를 바닥에 닿을 만큼 깊이 수그렸다.
"그런데 왜 굳이 문지기를 시키시려는 겁니까?"
"유명하다면서요."
"그게 문지기랑 무슨 상관입니까?"
"우리 마교는 마도삼기 정도 돼도 겨우 문지기밖에 못하는 곳이다. 겁나지 않느냐? 뭐 이렇게 느끼지 않을까요?"
"역시 교주님이십니다. 교주님의 깊은 뜻을 미리 헤아리지 못했습니다."
"뭘 이 정도를 가지고."
주거니 받거니 죽이 척척 맞는 사무진과 심 노인.
그 둘 사이의 끈끈한 유대관계를 확인한 마도삼기는 좌절을 느꼈다.
"아마 마교 역사상 가장 강한 문지기가 될 것입니다."
그리고 고개를 푹 수그리고 있는 마도삼기의 귓가에 잔뜩 신이 난 심 노인의 목소리가 들려왔다.

비록 많은 수는 아니었다.

하지만 마도삼기까지 합세해서 지금까지 공석이었던 문지기 역할을 맡게 되자 뭔가 꽉 찬 느낌이 들었다.

더구나 마도삼기는 자신들이 데리고 다니던 몇 명의 수하들까지 데려왔다.

물론 그냥 데리고 온 것은 아니었다.

그들은 거래를 하려고 했다.

데리고 온 수하들을 문지기로 쓰는 대신, 자신들을 문지기 신세에서 벗어나게 해달라는 조건으로.

물론 솔깃한 제안이었다.

하지만 사무진은 단칼에 그 제안을 거절했다.

대신 마도삼기가 데리고 온 수하들을 마교도로 흡수했다.

그리고 그렇게 되니 정말로 그럭저럭 문파로서의 마교의 체계가 잡히기 시작했다.

장로도 있었고, 군사도 있으며, 호위무사도 있었다.

거기에 더해 전 강호를 통틀어 봐도 가장 강한 문지기들과 마도삼기의 체계적인 지도 아래 쓸 만한 실력을 갖춘 마교도들까지도 있었다.

이제 남은 것은 마교의 재건을 선포하는 것과 함께 마교의 세력을 불리기만 하면 되는 것이었다.

"우선 현판 교체할 준비부터 해요."

생각에 잠겨 있던 사무진의 첫 번째 명령이 떨어지자마자 심 노인이 슬그머니 눈치를 살피며 물었다.

"대천표국이라는 이름이 마음에 들지 않으십니까?"

"그래요."

"그럼 어떻게 바꿀까요?"

"천년마교!"

사무진이 하는 말을 받아 적기 위해서 붓을 들고 있던 홍연민이 그대로 얼어붙었다.

그리고 그것은 심 노인도 마찬가지였다.

"지금 뭐라고 하셨습니까?"

"왜요? 바꾸기 싫어요? 전에는 그렇게 바꾸고 싶어했잖아요."

"그게 아니라… 진심이십니까?"

"그래요."

"천마불사!"

쿵. 쿵. 쿵.

감동해서인지 심 노인이 눈물까지 흘리며 바닥에 이마를 찧기 시작했다.

"아직 안 끝났어요."

"네, 하명하십시오."

"배첩을 돌려요, 마교가 재건한다고. 현 강호에 존재하는 문파라는 문파에는 단 한군데도 빠짐없이."

"물론입니다. 마교의 재건을 알리는 역사적인 배첩인데 한

군데라도 빼놓아서는 되겠습니까?"

"좋아요. 개파식은 지금부터 석 달 뒤 이곳에서 할 거예요. 준비는 심 노인이 알아서 해주세요."

"그건 맡겨주십시오."

뭐든지 맡겨달라며 의욕을 불태우고 있는 심 노인을 바라보던 사무진이 이번에는 홍연민에게로 시선을 돌렸다.

"그리고 배첩은 홍 군사가 맡아서 작성하세요."

끈질긴 설득 끝에 쟁자수 대신 군사라는 괜찮은 자리를 꿰찬 홍연민은 걱정스런 표정을 지은 채 입을 뗐다.

"진심인가, 아니, 진심이십니까?"

"당연하죠."

"하지만 이건 너무 갑작스러운데… 조금 더 준비를 철저히 하고 실행에 옮기는 편이 낫지 않겠나, 아니, 않겠습니까?"

눈치를 살피며 홍연민이 꺼낸 말을 듣자마자 심 노인이 끼어들었다.

"감히 교주님의 말씀에 토를 달다니 당장에 혓바닥을 뽑아줄까?"

"아니, 그래도 제가 명색이 군사인데……."

"군사는 얼어죽을. 혓바닥 뽑고 다시 쟁자수로 만들어줄까?"

얼굴이 벌겋게 상기된 채 불같이 화를 내는 심 노인을 보자마자 홍연민은 다시 잔뜩 긴장했다.

그래도 할 말은 해야겠다고 생각해서인지 홍연민은 힘겹

게 입을 열었다.

"지금 교주님의 말씀에 토를 다는 것이 아니라 상황이 그렇지 않습니까? 그러다가 소문이 나서 당장 내일이라도 무림맹이나 무림맹에 배속되어 있는 인근의 문파에서 쳐들어오면 어찌합니까?"

"흥, 감히 무림맹 따위가 마교를 넘본단 말이냐?"

"감히 무림맹 따위라는 표현은 좀……."

"사실이지 않느냐? 그딴 놈들이 쳐들어온다고 해서 걱정할 것이 무엇이 있느냐? 우리에게는 교주님이 계신데."

여전했다.

심 노인이 입만 살아 있는 것은.

"그렇지 않습니까, 교주님?"

"그럼요. 무림맹이든 사도맹이든 하나도 겁나지 않아요."

"역시 교주님이십니다. 천마불사!"

쿵. 쿵. 쿵.

감격에 겨워서 심 노인이 다시 이마를 바닥에 찧는 것을 보던 사무진이 제정신이냐는 눈초리로 바라보고 있는 홍연민에게 걱정하지 말라는 듯 웃음을 지었다

"그럼 우리는 배첩을 작성하러 가볼까요?"

"자네, 대체 무슨 생각인가?"

심 노인과 헤어지고 둘만 남게 되자 홍연민은 지금까지 아

고 싶었지만 억지로 꾹 눌러 참고 있었던 이야기들을 꺼내기 시작했다.

"뭐가요?"

"자네, 정말 몰라서 이러는 건가? 안 되겠네. 내 눈을 바라보게."

"갑자기 왜 이래요?"

"잔말 말고 내 눈을 바라보게."

홍연민의 표정은 심각했다.

그리고 사무진의 두 눈을 응시하던 그는 다시 입을 뗐다.

"머리를 다쳤나?"

"뭔 소리예요?"

"무명 노인에게 얻어맞으면서 머리를 심하게 다친 것이 틀림없어. 그렇지 않고는 이럴 수야 없지. 심 노인이라는 저 늙은이야 제정신이 아니라서 그렇다 치지만 자네마저 이래서야 되겠나?"

심 노인 앞에서는 고양이 앞의 쥐처럼 꼼짝도 하지 못하던 홍연민이었지만 사무진과 둘만 남게 되자 열변을 토해냈다.

하지만 사무진은 담담했다.

"어떻게 알았어요?"

"뭘 말인가?"

"심 노인이 제정신이 아니라는 거요."

"그야 딱 보면 알 수 있지. 내 나이가 되어 보면 잠시 이야기를 나눈 것만으로도 제정신이 박힌 것인가 정도는 충분히 눈치챌 수 있네. 그리고 아무리 좋게 보려고 해도 저건 치매가 틀림없네. 다른 말로는 설명할 길이 없어."

심 노인에게 쌓인 것이 많은 듯 봇물 터지듯이 이야기를 꺼내는 홍연민을 보던 사무진이 다시 입을 뗐다.

"그래도 그렇게 나쁜 사람은 아니에요."

"자네는 대체 누구 편인가?"

"누구 편이 어디 있겠어요. 어차피 모두 한식구인데."

"저런 치매 걸린 노인과 한식구라니……."

"성격이 조금 외골수이기는 하지만 치매는 아니에요. 그리고 저는 심 노인이 무척이나 마음에 들어요."

"역시 자네도 미쳤군."

"오직 마교만을 위해 온몸을 바치는 열정. 어쩌면 지금 심 노인의 모습이 진정한 마교의 정신이죠."

"흥!"

사무진의 말이 끝나기 무섭게 홍연민이 콧방귀를 뀌었다.

그러나 사무진은 신경 쓰지 않고 할 일을 시작했다.

"그나저나 우리는 배첩이나 적어보죠."

"정말 적을 생각인가?"

그리고 이제 심 노인의 정신 상태에 대한 이야기는 그만두고 배첩을 적어보자고 재촉하는 사무진을 홍연민이 아연실색한 표정으로 바라보았다.

"그럼요."

"이거 참."

"얼른 적기나 해요."

"그래, 대체 어떻게 적을 텐가?"

"그건 군사의 일."

"하지만……."

"일단 대충 적어보세요. 고칠 부분이 있으면 말할 테니까요."

"허어, 이거 참."

내키지 않는 표정을 짓고 있던 홍연민이 어쩔 수 없이 붓을 들었다.

그리고 붓을 들고서 한참 동안이나 망설이면서 생각에 잠겨 있던 홍연민이 일필휘지로 적어 내려가기 시작했다.

약 일각 후, 홍연민이 배첩을 완성하고 사무진의 앞으로 내밀었다.

"어떤가?"

"생각보다 잘 썼네요."

"휴우, 그럼 내키지는 않지만 배첩의 내용은 이렇게 해서 보내는 걸로 하세."

할 일을 마쳤다는 듯이 홍연민이 들고 있던 붓을 내려놓으려고 했지만, 사무진이 급히 만류했다.

"붓을 왜 벌써 내려놓고 그래요? 고칠 부분이 얼마나 많은데."

"어디 마음에 안 드는 부분이라도 있는가?"

"그럼요."

"어디가 맘에 들지 않는가? 자네가 지적하는 부분은 내가 신경 써서 고쳐 보겠네."

홍연민이 꺼낸 이야기를 듣고서 사무진이 대답했다.

"전부 다 맘에 안 들어요."

기분이 상한 듯 홍연민이 얼굴을 붉혔다.

그리고 따지듯이 물었다.

"자네, 배첩이 뭔지는 알고 있나?"

"잘 몰라요."

"그럼 그렇지. 지금 내가 쓴 것이 바로 배첩의 정석(定石)일세."

"정석인지는 몰라도 내 맘엔 안 들어요."

고집을 부리며 사무진이 손을 들어 홍연민이 일필휘지로 적어놓은 배첩 중 가운데 부분을 가리켰다.

"거기요."

"어디? 여기 말인가?"

"아니요. 그 뒷문장. 너무 호전적이잖아요."

"하지만 여기서 더 어떻게 바꾼단 말인가?"

"실력 좀 발휘해 봐요. 이십 년 전의 대과에서 역사상 가장 뛰어난 답안을 써서 장안의 학자들이 모두 입을 끼어 벌겼을 정도였다면서요."

"그게 사실이긴 한데."

붓을 들고 있던 홍연민이 짤막하게 한숨을 내쉬었다.

재촉하는 사무진에게 잠시 기다리라고 말한 후 조금 전 자신이 작성한 문장을 다시 읽어보았다.

"과거의 안 좋았던 일들을 모두 잊자는 말이 아닙니다. 잊으려 한다고 해서 잊혀지는 일들이 아니니까요."

그리고 홍연민이 다시 한 번 한숨을 내쉬었다.

도무지 고칠 곳이 없었다.

대체 이 문장의 어디가 지나칠 정도로 호전적이라는 것인지 홍연민으로서는 전혀 감을 잡을 수가 없었다.

"난 도저히 모르겠네. 할 수 있으면 자네가 한번 해보게."

"그럼 이렇게 바꿔요."

"……?"

"옛날 일은 잊어요. 괜히 자꾸 생각해 봤자 서로 속만 상하잖아요. 어차피 과거는 과거일 뿐이니까."

홍연민이 조금 전 자신이 썼던 문장과 지금 사무진이 불러준 문장을 비교해 보았다.

"별 차이가 없지 않나?"

"이제부터 시작이에요. 이 문장도 고쳐요."

"어딜 말인가?"

"'예전보다 더 강해진 마교'라는 이 부분요."

"이걸 어떻게 고치자는 말인가?"

"'예전과는 다른 착한 마교', 이렇게 고쳐요."

붓을 들고 무심코 받아 적던 홍연민이 도중에 멈칫했다.

그리고 진심이냐는 표정으로 사무진을 바라보았다.

"뭐 해요? 안 고치고."

"자네, 이 두 단어가 서로 어울린다고 생각하나?"

"어때서요?"

"마교 앞에는 잔인한 이라거나 냉혹한 같은 단어가 어울리네."

"그게 바로 고정관념이라는 거예요."

강조하듯이 언성을 높이는 사무진을 보던 홍연민이 어이가 없다는 표정을 지었다.

그러나 사무진은 고집이 셌다.

더구나 결정적으로 사무진은 마교의 교주였다.

홍연민은 군사에 불과했고.

"그 고정관념을 완벽하게 깬 신개념의 배첩을 만들어보자고요."

사무진이 기어이 고집을 부리며 배첩을 모조리 뜯어고치기 시작했다.

# 第五章
## 만남

共同
傳人
공동전인

여름이 다가오며 날씨가 점점 무더워지네요.

푹푹 찌는 더위에 가만히 있어도 잠이 솔솔 몰려오는 계절.

여러분의 잠을 깨워 드릴 충격적인 소식 하나 전해 드리려고 합니다.

삼십 년 전에 망했던 마교!

그때 속이 시원하셨죠?

몇 년 묵은 체증이 한꺼번에 내려갈 정도로.

그런데 이거 어쩌죠?

그 마교가 다시 재건을 알립니다.

이, 이번…….

배첩을 다 읽기도 전에 벌써 검이나 도 같은 병기를 빼 든 성격 급한 분들이 계신 것 같은데.

일단 병기를 내려놓으세요.

그리고 흥분을 좀 가라앉히시고 마저 읽어주세요.

옛날에 마교에 대해서 좋지 않은 기억을 가지고 계신 분들이 많은 것을 알고 있습니다.

하지만 옛날 일은 잊어요.

괜히 자꾸 떠올려 봤자 서로 속만 상하잖아요.

그리고 어차피 과거는 과거일 뿐이니까.

다시 한 번 강조하지만 좀 더 나은 미래를 위해서 옛날에 서로 가지고 있었던 은원들은 잊어버려요.

그래도 도저히 못 잊겠다.

마교와는 같은 하늘 아래에서 살 수 없다.

뭐, 이런 분들이 계시면 찾아오세요.

다만 미리 경고하는데, 그때는 단단히 각오를 하고 찾아오셔야 할 겁니다.

감춰두었던 마교의 힘을 직접 확인할 수 있을 테니까요.

어쨌든 기대하세요.

예전과는 다른 착한 마교!

신개념 마교!

새롭게 태어나는 마교는 그런 곳이니까요.

오늘부터 정확히 석 달 뒤, 개파식을 합니다.

여러 강호 동도들의 따뜻한 격려가 필요합니다.

그럼 많이 찾아와서 축하해 주세요.

착한 마교의 교주, 사무진 배상.

홍연민은 제정신이 아니었다.

넋을 놓은 채로 사무진이 새로 고친 배첩을 멍하니 바라보다 결국 땅이 꺼져라 한숨을 내쉬었다.

'착한 마교'라는 부분만 봐도 정신이 어질어질할 지경인데 사무진은 거기에 더해 '신개념 마교'라는 말도 안 되는 소리까지 덧붙여 놓았다.

그뿐이 아니었다.

강호 동도들의 따뜻한 격려가 필요하다니.

그리고 많이 찾아와서 축하해 달라는 말까지.

벌써부터 검과 도를 들고서 이곳으로 달려오고 있는 수많은 강호인들의 발걸음 소리가 들리는 것 같았다.

"괜찮죠?"

"진심인가?"

"뭐가요?"

"설마 이대로 보낼 생각은 아니겠지? 내가 가진 실력을 모두 발휘해 볼 테니 다시 한 번 수정해 보세."

"더 고칠 곳이 없어요."

홍연민이 간절하게 말했지만 사무진은 단호하게 거절했다.

그런 사무진을 어떻게든 설득하기 위해서 홍연민이 다시 입을 열려는 찰나, 사무진이 먼저 말했다.

"무림맹에는 직접 전할 생각이에요."

"자네가 직접?"

"그럼요."

히죽 웃으며 대답하는 사무진을 보던 홍연민의 머릿속이 아득해졌다.

마교와 무림맹!

물과 기름의 관계.

그 오랜 시간 동안 앙숙 사이였던 무림맹에 직접 이 배첩을 전해주러 간다는 것 자체가 말도 안 되는 소리였다.

그런데 사무진은 당연하다는 듯이 말하고 있었다.

그리고 그런 사무진이 마지막으로 더한 말을 듣고서 홍연민은 어지러워서 오른손으로 이마를 짚었다.

"같이 가요!"

심 노인에게는 기대도 하지 않았다.

아니, 그래도 조금은 기대한 면이 없지 않았다.

하지만 역시나 헛된 기대였다는 것을 깨닫는 데는 오래 걸리지 않았다.

"교주님!"

"왜요? 맘에 안 들어요?"

"그럴 리가 있습니까? 교주님이 직접 쓰신 것인데. 다만……."

"다만?"

"착한 마교라는 부분의 어감이 좀……."

"아까도 말했지만 그게 바로 고정관념이에요. 새 시대에 걸맞는 새로운 마교로 태어나기 위해서는 그 고정관념을 버려야 해요."

"명심하겠습니다."

"그럼 됐죠?"

"역시 교주님은 문무를 함께 겸비하셨습니다."

"뭘, 이 정도를 가지고."

죽이 척척 맞았다.

마치 친조손지간처럼.

"참, 무림맹에 좀 갔다 올게요."

"무슨 일이 있습니까?"

"배첩을 직접 전해주려구요."

사무진의 말이 끝나자마자 심 노인이 펄쩍 뛰었다.

그게 무슨 말도 안 되는 소리냐는 듯이.

그리고 그 모습을 보며 홍연민이 가슴을 쓸어내렸다.

완전히 맛이 간 노인이라고 생각했었는데 조금은 제정신이 틀어박혀 있었다.

하지만 이어진 심 노인의 이야기를 듣고 그것이 착각이었다는 것을 금세 다시 깨달을 수 있었다.

"감히 무림맹 따위에."

"그럼 어떻게 할까요?"

"무림맹의 맹주에게 직접 찾아오라고 전하십시오."

"그럴까요?"

"당연한 말씀입니다."

"그냥 제가 갔다 올게요."

"혹시 가신 김에 무림맹의 잔당들을 모조리 쓸어버릴 생각이십니까?"

"그건 나중에요."

홍연민이 두 손으로 머리를 감쌌다.

현실 감각이라고는 전혀 찾아볼 수 없는 두 사람의 대화를 듣다 보니 머리가 깨질 것처럼 아팠다.

"홍 군사랑 같이 갈 거예요."

"저도 함께 가겠습니다."

"심 노인이 왜요?"

"교주님과 함께 강호를 질타하는 것이 이 노복의 꿈이었습니다. 제 꿈을 이룰 수 있게 해주십시오."

간절한 눈빛으로 부탁하는 심 노인을 보던 사무진이 난처한 듯 머리를 긁적였다.

"그럼 개파식 준비는 누가 해요?"

"제 아들 놈이 있지 않습니까?"

"믿어도 될까요?"

"그럼요, 더구나 마도삼기도 있지 않습니까?"

"좋아요. 같이 가요."

"교주님의 하해와 같은 은혜를 잊지 않겠습니다."

나이에 맞지 않게 펄쩍 뛰며 기뻐하는 심 노인을 보던 홍연민이 오른손을 들어 지끈거리는 관자놀이를 눌렀다.

"저는 안 가면 안 될까요?"

그리고 조심스레 질문을 던졌지만 돌아온 것은 심 노인의 살벌한 눈빛뿐이었다.

흑점은 강호에 존재하는 수많은 낭인들의 거래를 주선하는 곳이었다.

그리고 항주에 거점을 둔 흑점의 점주로서 벌써 이십 년이 넘게 일해온 왕무성은 곤혹스런 표정을 짓고 있었다.

꽤나 긴 시간 동안 흑점의 점주로서 일해오며 수많은 고객들을 만나왔기에 경험 하나만큼은 어디가도 빠지지 않는다고 자부했던 왕무성이었다.

하지만 그런 그도 이런 특이한 고객을 만난 것은 단연코 처음이었다.

"그러니까… 몇 명이나 필요하단 건가?"

"많으면 많을수록 좋다니까."

"이보게, 그래도 대략적으로라도 어느 정도 수가 필요하다, 이렇게 이야기를 해야 어떻게 준비를 해볼 것이 아닌가?"

답답한 마음에 이야기를 꺼내다 자신도 모르게 언성을 높였던 왕무성이 날카로운 눈빛을 느끼고 입을 다물었다.

"교주님, 말귀를 전혀 못 알아듣는데 귀부터 자를까요?"

왕무성이 결국 한숨을 내쉬었다.

이렇게까지 정신이 없는 이유 중 하나는 저 노인 때문이었다.

뼈만 앙상하게 남은 노인은 사무진이라는 청년과 대화를 나누는 도중 시도 때도 없이 끼어들었다.

그리고 그때마다 말도 안 되는 소리를 지껄이고 있었다.

혓바닥을 뽑느니, 귀를 자르느니…….

"어이, 영감. 좀 조용히 하지."

그래도 요즘 같은 불경기에 드문 고객이기에 지금까지 꾹 참아왔던 왕무성이 더는 참지 못하고 한마디를 내뱉었다.

그 말이 떨어지기 무섭게 노인이 얼굴을 벌겋게 물들인 채 소리를 질렀다.

"교주님, 역시 저놈의 혓바닥을 뽑아야겠습니다!"

"이봐, 아까부터 교주, 교주 그러는데 대체 어떤 문파의 교주인가?"

또다시 헛소리를 지껄이고 있는 심 노인의 말을 무시하고 왕무성이 질문을 던지자 사무진이라는 청년이 대답했다.

"마교!"

"아, 마교. 뭐, 뭐라고?"

요 근래 생긴 그저 그런 흑도 문파려니 하고 아는 척을 하려던 왕무성이 충격을 받고 말을 더듬었다.

역시 제정신이 아닌 놈들이었다.

'마교' 라는 이름을 겁도 없이 사용하는 흑도 문파라니.

당장에 멸문을 당하지 않으면 용하다는 생각이 들었다.

그리고 왕무성은 아무래도 제정신이 아닌 것처럼 보이는 놈들과 더 이상 길게 이야기를 나누고 싶지 않았다.

그래서 본론을 꺼냈다.

"일인당 은자 열 냥일세."

"너무 비싸잖아."

"비싸다니. 요즘 시대가 어떤 시대인데 흑점에서 낭인을 사면서 은자 열 냥도 내려고 하지 않는단 말인가?"

"싸우는데 쓸 것이 아니라니까. 그러니까 약해도 돼."

왕무성은 다시 머리가 지끈거린다는 느낌을 받았다.

흑점에 낭인들을 사기 위해 찾아오는 사람들은 많았다.

그리고 그들의 신분은 다양했다.

꽤나 커다란 흑도 문파의 문주도 있었고, 상가를 이끌고 있는 상인들도 있었으며, 돈이 흘러 넘치는 졸부들도 있었다.

고객의 직업이 다양한 만큼 그들이 낭인들을 사는 이유도 다양했다.

세력 확장을 위한 문파 간의 전쟁에서 칼받이로 사용하기 위해서 사들이는 경우도 있었고, 상인들이 물건을 호송하는 도중 산적들의 습격에 대비하기 위해서일 때도 있었고, 졸부들이 호위무사로 고용하기 위해서인 경우도 있었다.

그렇게 이유는 다양했지만 공통점은 있었다.

될 수 있으면 강한 낭인들을 사고 싶어한다는 것이었다.

하지만 사무진이라는 이 청년은 달랐다

강하든 약하든 상관없다고 했다.

아니, 약한 낭인이 더 좋다고 했다.

대신 수만 많으면 된다는 말도 빼놓지 않았고.

"물론 은자 한 냥에 팔리는 낭인들도 있네. 하지만 그들은 약하네."

"상관없다니까요."

"어떻게 상관이 없단 말인가? 솔직히 말해서 그들은 고작해야 병기를 쥐는 법이나 간신히 아는 자들이 수두룩하네."

그래도 오랜 시간 이곳에서 일해오며 신용과 정직을 최우선으로 생각해 왔던 흑점의 점주답게 왕무성이 솔직히 말했다.

"바로 그거야. 병기만 쥘 줄 알면 돼."

하지만 돌아온 사무진의 대답을 듣고서 왕무성은 기가 막힐 뿐이었다.

그리고 더 상대하고 싶지도 않았다.

"좋네."

"몇 명이나 가능하지?"

"최소한 백 명은 가능할 걸세."

"여기 은자 백 냥!"

왕무성이 얼떨결에 손을 내밀어 은자 백 냥을 받았다.

그리고 그 은자 백 냥을 멍하니 바라보던 왕무성이 겨우 정신을 차리고 아까부터 궁금했던 것을 참지 못하고 물었다.

"그런데 그들은 어디에 쓸 생각인가?"

"비밀."

하지만 그가 원한 대답은 돌아오지 않았다.

그리고 그 어이없는 대답을 꺼내놓고서 어느새 등을 돌린 채 걸어가던 사무진이 말했다.

"참, 깜박할 뻔했는데 점심은 공짜로 주니까 먹지 말고 오라고 해."

"교주님!"

"왜요?"

"낭인들은 왜 사신 겁니까?"

"궁금해요?"

"교주님께서 하시는 일이니 다 이유가 있겠지요. 그래도 궁금하긴 합니다."

고희라는 나이에 어울리지 않게 깜찍한 표정을 짓고 있는 심 노인을 보던 사무진이 홍연민에게 고개를 돌렸다.

"홍 군사는 왠지 알아요?"

무림맹에 배첩을 돌리기 위해 길을 떠난 뒤로 부쩍 말수가 줄어들고 기운이 없어 보이는 홍연민이 힘없이 대답했다.

"알 게 뭔가?"

"이놈! 무엄하게 교주님께 그 무슨 불경한 태도란 말이냐?"

홍연민의 대답이 끝나기 무섭게 심 노인이 불같은 성격을 드러내며 소리를 질렀다.

그리고 얼마 전이었다면 잔뜩 겁을 집어먹었을 홍연민은 변했다.

눈도 꿈쩍하지 않았다.

아무래도 두 가지 중의 하나인 것 같았다.

생에 대한 미련을 완전히 포기했거나, 그사이 심 노인이 입만 살아 있다는 사실을 눈치챘거나.

"어차피 죽을 텐데 뭘."

"뭐야?"

"귀 아프게 왜 자꾸 소리를 지르고 난리요?"

"교주님, 아무래도 저놈을 이대로 두어서는 안 되겠습니다. 당장에 혓바닥을 뽑아야겠습니다."

잔뜩 흥분한 심 노인이 소리를 지르는 것을 듣고서 사무진이 대답했다.

“맘대로 해요.”

사무진의 허락을 듣고서 심 노인의 기세가 등등해졌다.

그리고 당장에라도 달려들 기세로 콧김을 내뿜을 때, 홍연민이 입을 열었다.

“개파식에 낭인들 몇 명 사서 세워놓는다고 해서 달라질 것이 있나?”

“없는 것보다야 낫잖아요.”

“그런가? 하긴 상관없지. 어차피 무림맹에서 뼈를 묻을 테니.”

한껏 우울한 표정을 짓고 있는 홍연민을 보던 사무진이 히죽 웃음을 지었다.

무림맹에 가까워질수록 홍연민은 점점 더 기운이 없어지는 것처럼 보였다.

그에 반해서 심 노인은 고희라는 나이가 믿기지 않을 정도로 점점 더 혈기왕성한 모습을 보여주고 있었고.

어쨌든 사무진도 살짝 긴장이 되는 것이 사실이었다.

갑자기 유가연과 서옥령의 얼굴도 떠올랐고.

“저기 궁금한 게 있는데.”

“무엇입니까?”

“혹시 정마 대전이 벌어지면 우리가 이길 수 있을까요?”

그리고 사무진이 갑자기 던진 질문임에도 불구하고 [illegible]

인은 일말의 망설임도 없이 대답했다.

"그깟 무림맹 놈들이 뭐가 대수라고 걱정이십니까? 단숨에 쓸어버릴 수 있으니 조금도 걱정하지 마십시오."

"누가요?"

"그야 당연히 교주님이시지요."

역시 실수였다.

심 노인이 꺼낸 대답을 들었지만 힘이 나기는커녕 오히려 힘이 빠졌다.

그리고 사무진이 하고 싶었던 말은 홍연민이 대신했다.

"치매가 틀림없어."

호북 균현에 자리잡고 있는 무림맹.

전국 각지에 총 스물두 개의 분타를 가지고 있는 무림맹 본단의 규모는 엄청났다.

내각과 외각.

총 이각으로 구성되어 있으며 상주하고 있는 무인들의 수는 일천이 넘었다.

더구나 내각과 외각에 자리잡고 있는 전각의 수만 해도 백여 개에 이르렀다.

"크기는 크네요."

대천표국과는 비교할 수 없는 어마어마한 규모의 정문을 바라보며 사무진이 감탄을 하자 심 노인이 바로 한마디를 꺼냈다.

“예전에 성세를 구가할 때의 마교에 비하면 아무것도 아닙니다.”

“그래요?”

“그럼요.”

“잘나갈 때의 마교를 본 적이 있어야 말이죠. 그만 들어가죠.”

사무진의 말이 끝나기 무섭게 심 노인이 당연하다는 듯이 앞장섰다.

보무도 당당하게 걸음을 옮긴 심 노인이 정문 한 켠에 놓여 있는 책상에 앉아서 방명록을 작성하고 있는 문사의 앞으로 다가갔다.

“어떻게 오셨습니까?”

휘적휘적 걸음을 옮기는 심 노인을 향해 학사건을 쓴 문사가 질문을 던지자 심 노인이 대꾸했다.

“맹주 불러와!”

다짜고짜 던지는 일갈. 문사의 얼굴이 붉게 달아올랐다.

그리고 그와 반대로 홍연민의 얼굴은 백지장처럼 하얗게 변했고.

“역시 말렸어야 했는데.”

창백한 낯빛으로 홍연민이 중얼거렸지만 그런 그의 타는 마음을 아는지 모르는지 심 노인의 목소리는 여전히 우렁찼다.

"맹주 불러오라니까!"

그리고 화가 나서 얼굴이 붉게 달아오르기는 했지만 문사는 침착했다.

"우선 여기에 방명록을 작성해 주십시오."

문사가 심 노인의 앞으로 방명록과 벼루를 내밀었다.

"쯧쯧, 하여간 예나 지금이나 쓸데없는 겉치레는."

당장에라도 벼루를 들어서 문사의 얼굴에 던져 버릴 줄 알았는데 심 노인은 의외로 순순히 붓을 들어 방명록에 적기 시작했다.

천년마교.

그리고 심 노인이 방명록에 글을 적다 멈추고 사무진에게로 고개를 돌렸다.

"뭐라고 적을까요?"

"쓰고 싶은 것으로 써요."

"그래도 되겠습니까?"

"뭐, 장로가 좋겠네요."

사무진의 대답을 듣자마자 심 노인의 표정이 환해졌다.

하지만 심 노인의 앞에 앉아 있던 문사는 짜증난 표정으로 자리에서 벌떡 일어났다.

"장난은 그만 치시오."

"누가 장난이라고 그랬느냐?"

"눈빛을 보아 하니 제정신이 아닌 노인 같은데. 이쯤에서 그만 돌아가면 더 추궁하지 않으리라."

그래도 중년 문사 딴에는 선심을 쓴다고 썼지만, 오히려 심 노인의 불같은 성격에 기름을 부은 꼴이었다.

"고작 무림맹의 문지기 주제에 마교의 장로에게 미쳤다는 망발을 해. 무림맹을 피바다로 만들어야 정신을 차리겠느냐?"

그리고 드디어 벼루를 집어 던진 것으로 모자라 방명록을 적는 책자까지 바닥에 던지며 길길이 날뛰는 심 노인의 심상치 않은 기세를 확인한 중년 문사가 그제야 뭔가 이상함을 느낀 듯 눈치를 살폈다.

"정녕 마교의 인물들이오?"

"무엄하다. 감히 본 교의 교주님 앞에서 무릎을 꿇지 않다니!"

"하지만 마교는 삼십 년 전에 멸문한 것으로 알고 있는데… 이럴 리가 없는데……."

창백한 얼굴로 횡설수설하고 있는 문사의 앞으로 사무진이 다가갔다.

"뭐랄까?"

"……."

"새로운 마교로 다시 태어났죠."

"사실이란 말이오?"

"내가 마교의 교주예요. 그러니까 맹주님 좀 만날 수 있을까요?"

사무진이 히죽 웃었다.

그리고 그 미소를 본 문사는 마치 귀신이라도 본 사람처럼 기겁하며 무림맹 안으로 뛰어들어 갔다.

"비라도 한바탕 쏟아질 것 같네요."

"그렇습니다."

"그나저나 좀 오래 걸리네요."

"그러게 말입니다."

"살짝 지겨우려고 그러네요."

"감히 교주님께서 이 누추한 곳까지 손수 찾아왔는데 버선발로 뛰어나와도 시원치 않을 마당인데."

"뭐, 버선발로 뛰어나와서 맞을 만큼 우리가 반가운 손님은 아니죠."

"그 무슨 겸손한 말씀이십니까? 만약 무림맹주가 버선발로 뛰어나오지 않는다면 두 다리를 분질러 놓겠습니다."

"역시 심 노인은 마교의 장로가 될 자격이 충분하네요."

"감사합니다, 교주님."

뒷짐까지 진 채 사이좋게 잡담을 나누고 있는 사무진과 심 노인을 바라보는 홍연민은 바싹바싹 애가 탔다.

지금은 한가로이 날씨 이야기나 하고 있을 만큼 여유로운 상황이 절대 아니었다.

이곳이 어디인가?

다른 곳도 아닌 무림맹의 정문이었다.

솔직히 말하면 홍연민은 당장에라도 도망가고 싶은 마음이었다.

아직까지는 아무런 대응이 없지만 조금 있다가 저 정문이 열릴 때, 수백 명의 무림맹 무인이 일제히 병기를 겨누고 다가올 것만 같았다.

하지만 지금 홍연민이 할 수 있는 것은 그저 자신의 예상이 빗나가기를 바라는 것뿐이었다.

끼이익.

하지만 안타깝게도 홍연민의 예상은 빗나가지 않았다.

닫혀 있던 무림맹의 정문이 열리자마자 족히 수백 명은 되어 보이는 무인들이 정렬해 있는 것이 보였다.

스르륵.

그것을 확인하자마자 홍연민은 다리에 힘이 풀려 바닥에 주저앉고 말았다.

'이제는 꼼짝없이 죽었구나!'

머릿속이 하얗게 변했다.

그래서 아무런 생각도 나지 않았다.

다만 후회만이 남았다.

어쩌다가 이런 자들과 어울리게 되어서 이렇게 처참한 최후를 맞게 되었는가 하는.

"생각보다 많이 나왔네요."

"교주님의 신위가 대단하긴 한가 봅니다. 교주님을 환영하기 위해서 이렇게 많은 인파가 몰린 것을 보니."

"그런가요?"

"당연한 것이지요. 그나저나 저놈은 왜 병든 닭처럼 바닥에 주저앉나 모르겠습니다. 채신도 없이."

"그동안 고생을 많이 해서 그래요. 이번에 교로 돌아가면 약이라도 한 첩 지어주세요. 그래도 한 식구인데."

또 원망도 되었다. 이 절체절명의 순간에도 전혀 상황 파악을 못 하고 말도 안 되는 소리를 하면서 실실 웃고 있는 사무진과 심 노인이.

이미 늦기는 했지만 제발 지금이라도 정신을 차리기를 바랐지만 두 사람은 전혀 그럴 기미가 보이지 않았다.

약이라도 한 첩 지어주라는 사무진의 따뜻한 말도 하나도 고맙지 않았다.

그렇게 절망이란 감정이 깃든 눈으로 고개를 든 홍연민의 눈에 누군가가 뛰어나오는 것이 보였다.

'버선발?'

그리고 누군가가 버선발로 뛰어나오는 것을 보고서 고개를 갸웃하던 홍연민이 눈을 치켜떴다.

전에 먼발치에서 몇 번 본 적이 있어서 얼굴을 기억하고 있었다.

정렬하고 있는 수백 명의 무인 사이로 버선발로 뛰어오고 있는 자는 바로 무림맹주인 유정생이었다.

그것까지 확인하고서 홍연민은 눈을 질끈 감아버렸다.

설마 했는데 무림맹주가 직접 나섰다.

사악한 마교의 무리를 처단하기 위해서.

"자네가 정녕 사무진인가?"

두 눈을 질끈 감고서 마지막으로 지난 삶의 추억을 하나하나 떠올리고 있던 홍연민의 귓가로 유정생의 목소리가 들렸다.

그리고 그 목소리를 듣고서 홍연민은 조금 이상하다는 생각을 했다.

지나칠 정도로 다정했다.

버선발로 뛰어나오기에 당장에 사악한 마교의 무리를 처단하라는 명령을 내릴 줄 알았는데 유정생의 목소리에는 반가움까지 깃들어 있었다.

그래서 홍연민이 다시 눈을 떴다.

어쩌면 살 수도 있지 않을까 하는 한 가닥 기대를 품고서.

"그런데요."

그리고 무뚝뚝하게 대꾸하는 사무진을 향해 소리를 지를 뻔했다.

그래도 명색이 무림맹주의 앞인데 포권을 취해 예를 표하고 좀 더 나긋나긋한 목소리로 대답하라고.

답답하다는 표정을 지은 채 유정생과 사무진을 번갈아 보던 홍연민의 눈에 얼굴이 벌겋게 달아오른 심 노인이 들어왔다.

그 심 노인이 입을 벌리는 것을 보자 갑자기 불안해졌다.

어떻게든 말려야겠다는 생각에 홍연민이 벌떡 일어나 심 노인에게 달려나갔지만 늦었다.

"무엄하다. 감히 천년마교의 교주님의 이름을 함부로 부르다니. 당장에 네놈의 혓바닥을 뽑아내겠다!"

과연 생각이란 것이 있는 노인일까?

풀썩.

미친 사람처럼 달려나가던 홍연민이 다리에 힘이 풀려 바닥에 다시 주저앉았다.

심 노인에게는 확실히 특별한 재능이 있었다.

얼굴이 벌게진 것으로 모자라 콧김까지 씩씩 뿜어내면서 던진 그 말이 끝나자마자 장내에는 적막만이 흘렀다.

묘하게 흘러가는 분위기.

하지만 분위기를 이렇게 만들어놓은 심 노인은 마치 자신과는 상관없다는 듯이 뒷짐을 진 채 딴청을 피우고 있었다.

결국 이 묘한 분위기를 해결하기 위해 나선 것은 사무진이었다.

"정신이 오락가락해요."

"그런가?"

"죽기 전에 무림맹에 와서 큰소리 한번 쳐보는 것이 소원이라고 해서 같이 왔는데 아무래도 실수한 것 같네요."

머리를 긁적이며 사무진이 꺼낸 말을 듣고서야 굳어졌던 유정생의 표정이 풀렸다.

"그나저나 마교가 재건되었다는 소문은 들은 적이 없는데……."

"아직 정식으로 개파식을 하지는 않았거든요."

"그럼 마교의 교주께서 이곳을 찾은 이유는 개파식에 초대하기 위함인가?"

"배첩을 직접 전해주기 위해서죠."

"마교의 재건을 알리는 배첩을 전하기 위해서 고작 셋이서 무림맹에 찾아오다니. 배짱 하나는 두둑하군."

사무진이 품속에서 꺼낸 배첩을 받아 들며 유정생이 입을 뗐다.

그리고 탐색하듯 사무진을 날카로운 눈초리로 살피던 유정생은 한참만에야 배첩을 펼쳐 읽기 시작했다.

"큼, 큼!"

그런 유정생이 몇 번이나 헛기침을 했다.

터져 나오는 웃음을 억지로 참기 위해 헛기침을 하며 간신히 배첩을 끝까지 읽은 유정생이 사무진을 바라보며 물었다.

"배첩이 좀 특이하군."

"신경을 무척 썼는데."

"그래, 그리 나쁘지는 않군."

"고맙네요."

"그런데 내가 바로 여기서 자네를 죽일 수도 있다는 생각은 해보지 않았나?"

"솔직히, 해봤죠."

"그럼에도 직접 찾아왔다?"

날카로운 유정생의 시선을 피하지 않은 채 사무진이 대답했다.

"죽지 않을 자신이 있으니까요."

그리고 그 대답이 의외였던 듯 유정생의 두 눈에 호기심이 떠올랐다.

"자신감이 대단하군."

"그만한 실력이 있으니까요."

"그래?"

"이 정도 실력도 없었다면 마교 재건은 꿈꾸지도 않았죠."

유정생의 두 눈이 커질 때 사무진이 한마디를 더했다.

"시간이 어떨지 모르겠지만 가능하면 개파식에 꼭 참석해서 축하해 주세요. 그럼 배첩을 전했으니 난 이만."

그리고 그 말만을 남기고서 냉큼 신형을 돌리는 사무진의 어깨를 유정생이 잡았다.

"그냥 가려고?"

"그럼요?"

"이렇게 먼 길을 왔는데 차라도 한잔하고 가게."

"좀 이상한데요."

"뭐가 말인가?"

"마교와 무림맹의 사이가 원래 이렇게 좋았는가 싶어서요."

"무림맹의 인심이 그렇게 야박하지는 않다네."

희미한 웃음을 지은 채 유정생이 호방한 목소리로 이야기를 꺼냈지만 사무진은 의심의 빛을 지우지 않았다.

"차에 독이라도 탈 생각은 아니죠?"

"왜? 두려운가?"

"그건 아니고. 괜히 아까운 독 낭비하지 말라는 의미에서 드리는 말씀이죠. 이건 비밀인데 전 만독불침이거든요."

유정생에게 고이 간직하고 있던 비밀을 살짝 알려준 사무진이 함께 들어가자며 심 노인과 홍연민에게 눈짓을 했다.

"교주님께서는 최고급 용정차가 아니면 입에 대시지도 않는다!"

그리고 심 노인은 마지막까지 악을 쓰며 무림맹으로 들어갔다.

# 第六章
## 가짜 마교

共同
傳人
공동전인

"사실 난 마교를 그리 싫어하지 않는다네."

쿨럭. 쿨럭.

집무실로 사무진 일행을 안내한 유정생이 꺼낸 고백 아닌 고백을 듣자마자 용정차를 마시던 홍연민은 사레에 걸렸다.

다른 사람도 아닌 무림맹의 맹주가 마교를 싫어하지 않는다는 고백을 하다니.

이건 뭐랄까.

평생 한눈 한 번 팔지 않고 지아비만을 바라보며 지극 정성으로 내조하고 살아온 조강지처를 앞에 두고서 다른 여자를 사랑하고 있다는 말을 꺼낸 것과 다름없었다.

하지만 사무진은 무림맹의 맹주가 꺼낸 이 충격적인 고백을 들었음에도 조금도 기뻐하는 표정이 아니었다.

"난 무림맹을 좋아하지 않아요."

그리고 이번에도 홍연민의 가슴을 턱 막히게 만드는 망발을 늘어놓고 있었다.

"왜인가?"

다행히도 유정생은 홍연민의 생각보다 훨씬 더 수양이 깊은 성인군자였다.

화를 내기는커녕 조용히 말을 꺼내고 있었다.

"겉으로는 성인군자인 척하지만 속이 시커멓더군요. 번지르르한 말만 늘어놓는 바람에 속아서 죽을 뻔한 적이 있지요."

사무진이 꺼낸 말을 듣던 홍연민이 이번에는 어쩔 수 없이 고개를 끄덕였다.

이건 사실이었으니까.

지금 사무진은 철무경과 허민규가 짜낸 금선탈각의 묘수에 아무것도 모르고 걸려들어 죽을 뻔했던 사건을 말하는 것이었다.

"그 이야기는 들었네."

"그래요?"

"내가 대신 사과하지."

눈치를 살피며 차를 마시던 홍연민은 또 한 번 입 밖으로 차를 뿜어낼 뻔했다.

무능하다는 소리를 듣고 있긴 하지만 명색이 무림맹주인 유정생이 이렇게 순순히 사과를 할 것이라고는 꿈에도 예상하지 못했기에.

"그럼 다른 것은 못 들었어요?"

"어떤 것 말인가?"

"무림맹주의 이름으로 마교의 재건을 강호에 정식으로 선포한다는 거요."

"들었네. 그리고 난 그것을 이행할 생각이네. 마교의 재건에 대해서 일절 관여하지 않을 뿐만 아니라 무림맹에 속해 있는 문파들이 마교에 칼을 들이대는 것을 용납하지 않겠다고 선포하겠네."

홍연민은 아예 넋이 나가 버렸다.

뭐가 어떻게 된 것인지는 몰라도 이건 그의 예상과 달라도 너무 달랐다.

'꿈인가?'

도저히 이해가 안 돼서 뺨을 꼬집어보았지만 아픈 것을 깨닫고 꿈이 아니라는 것을 알았다.

하지만 여전히 이해가 가지 않는 것은 마찬가지였다.

이건 너무 순조로웠다.

아니, 무림맹주가 미친 것이 틀림없었다.

"하나 더요."

"말해보게."

"혈마옥에 갇혀 있는 마교의 장로들을 이제 풀어주세요."

그리고 이번에는 유정생도 쉽게 대답하지 못했다.

잠시 망설이던 그가 한참만에야 입을 뗐다.

"그건 나 혼자서 결정할 수 있는 사안이 아니군. 다만 한 가지는 약속하지. 가능한 한 긍정적으로 검토해 보겠네."

찻잔을 들어 올릴 생각도 하지 못하고 만지작거리기만 하던 홍연민은 이제 슬슬 불안해지기 시작했다.

아무리 생각해도 지금 무림맹주는 너무 저자세였다.

분명히 무슨 꿍꿍이가 있을 것이라는 의심이 홍연민의 마음속에 깃들기 시작할 무렵, 유정생이 입을 뗐다.

"이제 끝났나?"

"아직요. 문서로 남겨주세요, 직인에 서명까지."

"그건 어렵지 않지. 대충 끝난 것 같으니 이젠 내가 하나 부탁하지."

"뭔데요?"

"내 딸을 만나주게."

도무지 종잡을 수 없는 방향으로 흘러가고 있는 대화를 들으며 홍연민의 머릿속이 복잡하게 헝클어졌다.

무림맹 서안 분타

습격 일시:6월 25일 신시.

흉수:사도맹.

피해 내용:사망 마흔네 명. 부상:칠십여 명.

무림맹 하남 분타

습격 일시:6월 26일 신시.

흉수:사도맹.

피해 내용:사망 스물다섯 명. 부상:여든네 명.

무림맹 섬서 분타.

…….

지난 며칠 사이 무림맹 휘하 스물두 개의 분타 가운데 무려 일곱 개의 분타가 사도맹에 의해 습격을 당했다.

약간의 시간차를 두고 속속들이 들어온 보고를 받으며 유정생의 근심은 커져 갔다.

삼십 년 전 마교가 멸문당한 후 그 세력이 급격하게 성장한 사도맹이었다.

무림맹과 사도맹이라는 두 축으로 재편된 채 흘러온 삼십 년의 시간.

현재 사도맹의 맹주인 호원상의 패도적이며 호전적인 성정에 대해서는 유정생도 잘 알고 있었다.

그래서 오히려 의아하게 생각했다.

사소한 다툼 외에 커다란 충돌이 없이 흘러갔던 시간들이 너무 길었던 것에 대해서.

해서 이 보고를 받았을 때에도 크게 당황하지 않았다.

곪을 대로 곪아서 터지기 일보직전이었던 종기가 마침내 터졌다고 생각했을 뿐.

그리고 흥분하지도 않았다.

선전 포고일 뿐이었다.

무림맹과 사도맹이 지닌 힘의 차이는 백중지세.

하루 이틀에 끝날 싸움이 아니었다.

무림맹과 사도맹 사이에 벌어질 길고 긴 싸움은 이제 시작에 불과했다.

다만 한 가지 마음에 들지 않는 것이 있다면 하필이면 자신이 무림맹주를 맡고 있는 이 시점에 일이 벌어졌는가 하는 점이었다.

그리고 지금 이 사건보다 유정생의 신경을 쓰이게 만드는 것은 바로 유가연이었다.

화산파의 여장로인 다정 선사에게 무공을 배우겠다는 결심을 할 때만 하더라도 걱정하지 않았다.

다정 선사는 아미성녀와 함께 여인들 중 최고수의 반열에 올라 있을 정도로 실력이 있을 뿐만 아니라 인품 또한 흠잡을 곳이 없었다.

다정 선사의 인품이라면 다친 딸아이의 마음의 상처를 다

독여 낫게 만들어줄 것이라 생각했으니까.

하지만 문제가 발생한 것은 유가연이 다정 선사 밑에서 무공을 수련하기 시작한 후 정확히 삼 개월이 흐른 후였다.

조용히 집무실을 찾아온 다정 선사는 유정생에게 말했다.

그만 가르치고 싶다고.

어떻게든 만류하며 마음을 되돌리려 했지만 다정 선사의 의지는 강했다.

그리고 그녀는 그 이유를 솔직히 털어놓았다.

"솔직히 가연이가 천하십대고수의 반열에 올라 있는 맹주의 자식이라는 것이 의심스러울 정도입니다. 내가 오랫동안 살아오며 많은 제자들을 보아왔지만 이렇게 무공에 재능이 없는 아이는 처음입니다."

그 이야기를 듣고서 더 이상 다정 선사를 잡을 수가 없었다.

못난 이야기지만 그때 처음으로 부인을 의심했다.

호부 밑에 견자 없다는 옛말이 떠올라서.

어찌 되었든 중요한 것은 자신이 무공에 재능이 없다는 것을 깨달은 가연이가 자리를 깔고 드러누웠다는 것이었다.

입맛이 없다는 이유로 식음을 전폐한 채 드러누운 가연이는 하루가 다르게 말라갔다.

답답한 마음에 용하다는 의원은 모두 불러들였다.

하지만 아무런 소용이 없었다.

이름난 의원들은 진맥 후 약속이나 한 듯이 고개를 흔들었다.

그리고 말했다.

약으로 치료할 수 있는 병이 아니라 마음의 병이라고.

그런 소리는 나도 할 수 있겠다고 노발대발하던 유정생에게 현강호에서 가장 뛰어난 의원 중 한 명이라고 알려진 천수신타는 유일하게 정확한 병명을 알려주었다.

"약도 없다는 상사병일세."

상사병이라는 말을 듣는 순간, 그동안 쌓아왔던 무림맹의 정보력을 총동원했다.

뒤늦게라도 사무진을 찾으려고 했지만, 흔적조차 찾을 수 없었다.

그래서 반쯤 포기하고 있었다.

이미 죽은 것이라고.

그런데 바로 오늘 기대하지도 않았던 사무진이 무림맹에 나타났다.

유정생이 그 소식을 접하자마자 신발도 신지 못하고 버선발로 달려나온 것은 어쩌면 당연한 일이었다.

사람의 마음이란 것은 참으로 간사했다.

충분하다고 생각했었다.

언제나 따뜻한 아버지가 곁에 있는 것만으로도.

그런데 아니었다.

어린 시절에는 머리를 쓰다듬어 주는 아버지의 손이 그렇게 따뜻할 수가 없었는데 지금은 더 이상 온기가 느껴지지 않았다.

아니, 아버지의 손이 머리를 쓰다듬어도 허전하다는 느낌만이 들었다.

함께했던 시간이 길었던 것도 아닌데…….

그리고 잘생긴 것도 아닌데…….

자꾸만 생각이 났다.

머리를 쓰다듬어 주던 아저씨의 그 따뜻한 손길이.

'왜 죽었어?'

인정하려고 했다.

원망스런 마음이 들지 않는 것은 아니었지만 깨끗이 인정하려고 노력하기도 했다.

그래서 무공을 익히려 했다.

적어도 복수라도 해줄 요량으로.

화산파의 선대 기인이라는 나성 선사를 스승으로 모셨다.

다정 선사는 인품 면에서나 실력 면에서나 훌륭한 분이었다.

그리고 영약은 차고 넘쳤다.

밥 대신 영약을 먹었을 정도로.

어쩌면 무공이라는 것을 익히기에는 최고의 조건이라고 불러도 과언이 아니었다.

그런데 전혀 예상치 못했던 문제가 발생해서 발목을 붙잡았다.

재능!

그녀는 무공에 재능이 없었다.

잠자는 시간까지 줄여가며 무공 수련에 매달렸지만, 성취가 전혀 보이지 않았다.

두 달이 지나도록 절기라고 불리는 옥녀 검법은 배워보지도 못했다.

아니, 화산의 입문 제자들이 배운다는 간단한 검법의 초식조차도 깨치지 못했다.

간단하기 그지없는 초식인데도 이상하게 검을 들고 펼치려 하면 검을 든 손과 보법을 밟는 발이 어지러워졌다.

다정 선사는 자신 앞에서 실망한 표정을 드러내지 않기 위해 애쓰고 있었지만, 그 정도로 눈치없지는 않았다.

"내가 잘못 생각했던 것 같아. 내 딸에게는 옥녀 검법이 어울리지 않는 것 같아. 다른 스승을 찾아주마."

그리고 미안한 표정으로 아빠가 건넨 그 한마디를 듣고서 재능이 없는 무공 수련에 대한 미련을 접고 방으로 돌아왔다.

다른 것을 찾고 싶었다.

아저씨를 위해서 할 수 있는 것을.

하지만 더 이상 할 수 있는 것이 없었다.

그것을 깨닫고 나니 모든 의욕이 사라졌다.

딱 한 번.

그래, 딱 한 번이라도 아저씨를 다시 보았으면 소원이 없겠다는 생각만이 간절해졌다.

그렇게 방에 틀어박힌 지 보름이 지났을 때, 옥령 언니가 찾아왔다.

오래간만에 찾아온 언니는 전혀 예상치 못했던 이야기를 꺼냈다.

"사 소협, 죽지 않았어."

그리고 그 말을 듣는 순간 가슴이 먹먹해졌다.

살아 있었으면서 왜 찾아오지 않았느냐는 원망스런 마음이 일순 들었지만, 그 감정은 아주 잠시였다.

살아 있다는 것만으로도 안심이 되었다.

'같이 가보지 않을래'라는 제안을 듣고서 당연하다는 듯이 고개를 끄덕였다.

키도 자라지 않았고, 가슴이 커지는 무공도 익히지 못했지만 아저씨는 예전처럼 따뜻한 손길로 머리를 쓰다듬어 줄 것만 같았다.

하얀 이불을 덮은 채 침상에 누워 있는 딸이 보였다.

그리고 이불 바깥으로 빠져나와 있는 하얀 손을 보는 순간 가슴이 무너져 내리는 것만 같았다.

생기없는 눈으로 멍하니 천장만을 바라보고 있던 딸은 인기척을 느꼈음에도 고개를 돌리지도 않았다.

힘없이 축 늘어져 있는 딸의 손을 움켜쥐며 유정생이 입을 열기 시작했다.

"마교가 배첩을 보내왔어, 마교 재건을 알리는 개파식을 연다고. 그 마교의 교주가 사무진이라는 청년이더구나."

아까까지만 해도 아무런 힘도 느껴지지 않던 딸의 손이었다.

그런데 사무진이라는 이름을 듣는 순간, 힘이 들어가는 것이 느껴졌다.

"사실 아비가 요즘 조금 바빠. 그동안 조용하게 지내던 사도맹이 본격적으로 시비를 걸고 있거든. 그래서 아무래도 내가 참석하지 못할 것 같아. 해서 하는 부탁인데, 네가 갔다 올래?"

"정말이야?"

"위험할지도 몰라. 아니, 무척 위험할 거야."

"괜찮아. 아저씨, 아니, 사 소협도 강해."

"가고 싶니?"

"응. 그리고 나 안 돌아올지도 몰라."

지금 유가연이 꺼낸 말의 의미를 한참만에야 깨달은 유정생이 쓴웃음을 지을 때였다.

"아직 어린 아가씨가 벌써부터 가출이나 하면 쓰겠어?"

잠시만 있다가 들어오라는 유정생의 부탁으로 문밖에서 기다리고 있던 사무진이 방 안으로 들어왔다.

그 목소리를 듣고서 유가연이 침상에서 벌떡 일어났다.

"어!"

히죽 웃으며 걸어 들어오는 사무진을 넋을 잃고 바라보면서도 유가연은 아무 말도 하지 못했다.

"너무 반가워서 말이 안 나와?"

"그게 아니라……."

"그럼 뭐야?"

"눈썹!"

"아!"

뚫어져라 눈썹을 바라보고 있는 유가연이 자신을 의식하

고서 사무진이 멋쩍은 웃음을 남겼다.

"눈썹 미는 유행은 지났더라고."

"그건 아는데……."

"요즘은 붉은색 눈썹이 유행이야. 어때?"

"솔직히 말해도 돼?"

"그럼."

"너무 멋있어!"

황홀한 표정을 지은 채 소리를 지르는 자신의 딸을 바라보던 유정생이 심각한 표정을 지었다.

유행이니 뭐니 하지만 당최 어울리지 않는 눈썹이었다.

그래서 적응도 되지 않았고.

하지만 유가연은 저 눈썹을 보고 멋있다고 난리였다.

지금까지 몰랐을 뿐 아무래도 자신의 딸의 미적 감각에 심각한 문제가 있는 것이 틀림없었다.

와락.

그리고 조금 전까지 다 죽어가던 유가연이 침상에서 몸을 일으킨 것으로 모자라 사무진의 목을 덥썩 끌어안고 있는 것을 보며 배신감까지 느꼈다.

"큼, 큼!"

헛기침까지 했지만 유가연은 떨어질 생각을 하지 않았다.

되레 사무진의 목을 끌어안고 있는 팔에 힘을 더했다.

"아비가 곁에 있다."

"그런데?"

"좀 자제하는 게 어떨까?"

"아빠는 시대에 어울리지 않게 너무 고리타분해."

그래서 은근슬쩍 한마디를 던졌지만 졸지에 시대의 흐름에 따라가지 못하는 고리타분한 사람이라는 소리만 들었다.

그나마 사무진이 정신을 차리고 유가연의 팔을 떼어냈다.

"그만해."

"왜?"

"무서워."

"뭐가?"

"정마대전 일어날까 봐."

그리고 사무진의 대답을 듣고서 잠시 눈을 깜박거리던 유가연이 궁금한 듯 물었다.

"아저씨, 진짜 마교의 교주야?"

"어쩌다 보니 그렇게 됐어."

"그럼 나랑 아저씨랑 결혼한다 그러면 정마대전 벌어지는 거야?"

"그럴 가능성도 있지 않을까? 솔직히 말하면 정마대전이 아니라 마교가 완전히 망해 버릴 가능성이 더 크긴 하지만."

사무진의 대답을 듣고서 잠시 고민하던 유가연이 결심을 굳힌 듯 유정생을 향해 고개를 돌렸다.

"정마대전 할 거야?"

"아직은 생각없다."

"진짜?"

"아까도 말했듯이 요즘 사도맹 때문에 정신이 없거든."

유정생이 솔직히 꺼낸 대답을 들은 유가연의 표정이 밝아졌다.

"이제 됐지?"

"뭐, 일단은……."

"그럼 나랑 결혼하는 거야!"

"쿨럭."

"쿨럭."

사무진과 유정생이 동시에 사레에 걸렸다.

무림맹이 술렁였다.

사도맹이 무림맹 분타 일곱 군데를 공격한 것은 돌연하다고 해도 과언이 아닐 정도로 갑작스러운 일이었다.

그 사건만으로도 충격이 아닐 수 없었는데 난데없이 마교가 등장했다.

이미 삼십 년 전에 멸망한 것이라 생각했던 마교가 재건을 알리는 개파식을 연다고 알려왔다.

그리고 그에 대한 무림맹주의 대처는 무림맹의 무인들을 놀라게 만들기에 충분했다.

당연히 마교를 섬멸하지 않을까 하는 예상과 달리, 오히려 마교의 개파식에 축하 사절을 보낸다고 결정했다.

그리고 특사로 떠나기로 한 이들의 면면도 대단했다.

무림맹 외당 당주이자 현 무림맹의 실질적인 이인자로 알려져 있는 권왕 서붕.

권왕 서붕의 무남독녀이자 현재 천하제일미녀로 알려진 요화 서옥령.

무림맹주 유정생의 무남독녀인 유가연까지.

비록 무림맹주인 유정생이 직접 참석하지는 않는다고 하나, 지나칠 정도로 대단한 인물들을 파견하는 셈이었다.

그에 대한 수많은 추측과 궁금증이 난무했지만, 유정생은 시원하게 입을 열지 않았다.

대신 수많은 반대 의견을 묵살하고 계획대로 일을 진행시켰다.

그리고 마침내 그들이 마교의 개파식이 열리는 항주로 떠나는 날이 되었다.

출발 예정 시각은 신시.

신시가 되기 한 시진 전, 사무진은 허민규가 안내한 무림맹 내의 밀실에서 한 사내와 마주하고 있었다.

그리고 사무진이 마주하고 있는 사내는 바로 황보세경이었다.

비록 사무진이 살아 있을 것이라고는 예상하지 못했지만, 허민규는 자신이 했던 약속을 지켰다.

탁자를 사이에 두고 마주 앉아 있는 사무진과 황보세경의 앞에는 김이 모락모락 올라오고 있는 향이 좋은 차가 놓여 있었다.

하지만 약속한 듯이 두 사람 모두 차에는 시선을 주지 않았다.

마치 대역죄인처럼 고개를 푹 수그리고 있는 황보세경을 물끄러미 바라보던 사무진이 한참만에야 입을 열었다.

"어떻게 죽을래요?"

그리고 그 말을 듣자마자 가뜩이나 창백하던 황보세경의 얼굴에서 핏기가 완전히 사라졌다.

"독살, 진법 안에서 헤매다 죽기, 생매장, 숟가락에 맞아 죽기까지. 방법은 다양해요. 하나 골라잡아요."

"미… 안하네."

황보세경이 떨리는 목소리로 사과했다.

하지만 지금 황보세경이 꺼내는 고작 미안하다는 한마디로 응어리졌던 사무진의 마음이 풀릴 리가 없었다.

"그 말 듣자고 여기까지 오지 않았다는 것쯤은 알죠?"

"……."

"남의 인생을 송두리째 바꿔놓고 미안하다는 말 한마디로 넘어가려는 것. 너무 양심없다는 생각 들지 않아요?"

"미안하네. 그 말 외에는 할 말이 없네."

"그러니까 골라잡으라니까요."

사무진의 표정은 냉랭했다.

그리고 그 냉랭한 표정을 확인하고 선택의 여지가 없다는 생각이 든 듯, 황보세경이 떨리는 목소리로 대답했다.

"독으로 하겠네."

"그럴 줄 알았어요."

사무진의 오른손이 품속으로 들어갔다.

그리고 사무진이 검정색 환이 올려져 있는 오른손을 황보세경의 앞으로 내밀었다.

"무슨 독인지 물어도 되겠나?"

"그냥 먹어요. 알면 더 괴로울 테니까."

"하지만… 알겠네."

만감이 교차하는 눈빛으로 검정색 환을 바라보던 황보세경이 마침내 손을 뻗어 입가로 가져갔다.

착잡한 표정을 지은 채 잠시 망설이다 검정색 환을 삼키자마자 황보세경의 얼굴이 고통으로 일그러졌다.

그리고 목을 움켜쥔 채 앉아 있던 의자에서 떨어지는 그를 바라보던 사무진이 천천히 자리에서 일어났다.

"식도가 탈 것처럼 뜨거울 거예요. 조금 고통스럽겠지만 참아봐요. 얼마 지나지 않으면 숨이 끊어질 테고 그때는 고통도 사라질 테니까."

대꾸도 하지 못하고 숨이 넘어가는 소리만 내고 있는 황보세경을 보던 사무진이 천천히 등을 돌렸다.

그리고 그를 남겨두고 걸음을 옮기던 사무진이 발걸음을 멈추었다.

"잘 지내죠?"

"……."

"오히려 잘된 것일지도 모르겠네요. 나 같은 놈 못 잊고서 괴로워하는 것보다야 죽었다고 생각하는 것이 나을지도."

괴로워하고 있는 황보세경을 남겨둔 채 사무진이 문고리를 잡았다.

아까 황보세경에게 꺼냈던 말처럼 그의 인생은 송두리째 바뀌었다.

원래라면 지금도 소주 뒷골목을 전전하며 남의 전낭에나 눈독을 들이고 있었을 텐데, 어쩌다 보니 강호라는 곳에 들어와 버렸다.

마교의 장로들을 만나고 무림맹주와 마주 앉아서 차를 마시게 될 것이라고 그 당시에는 꿈에도 생각지 못했는데.

예상치 못한 방향으로 흘러와 버렸지만 그 인생도 사무진의 것이었다.

그리고 마교의 교주로서의 삶도 생각처럼 나쁘지는 않았다.

"그냥 나는 죽은 걸로 해줘요. 그리고 그거 독이 아니라 갈근산이라는 거예요. 그래도 일주일간은 피똥 쌀 테니까 그런 줄 알아요. 사람 인생을 통째로 바꾸어 버렸는데 그 정도 고생은 해야 공평하죠."

고통으로 인해 제정신이 아닌 것처럼 보이는 황보세경에게 한마디를 던진 사무진이 천장으로 시선을 돌렸다.

"우리도 얘기를 좀 해야겠죠."

허민규가 은신하고 있는 천장을 향해서도 한마디를 던지자 흑색 장삼을 걸친 허민규가 떨어져 내렸다.

"자네는 역시 다르군."

"무슨 소리예요?"

"당연히 죽일 것이라 예상했네. 그런데 자네는 내 수하를 용서했군. 일단 고맙다는 인사를 해야겠지."

허민규가 자신의 수하인 황보세경의 목숨을 빼앗지 않은 것에 대한 고마움의 표시로 포권을 취했다.

하지만 사무진의 표정은 밝아지지 않았다.

조금 전 황보세경과 마주 앉아 있을 때보다 더 냉랭한 표정으로 입을 뗐다.

"그냥 넘어갈 생각은 아니죠?"

"물론이네."

"그럼 어떻게 할 생각이죠?"

"솔직히 말해서 목숨을 내놓을 생각도 했네. 하지만 자네의 성품으로 보아 내 목숨을 원할 것 같지는 않군."

허민규의 말을 듣더 사무진이 고개를 끄덕였다.

지금 허민규를 죽인다 하더라도 달라질 것은 아무것도 없었다.

가슴속 응어리가 풀릴 것 같지도 않았고.

그래서 허민규를 죽이는 대신 질문을 던졌다.

"알고 있었죠?"

"무엇을 말하는 것인가?"

"혈마옥 안에 있는 마교의 장로들. 탈옥하지 못하는 것이 아니라 일부러 나오지 않았다는 것 말예요."

사무진이 던진 말이 의외였던 듯 허민규가 흠칫했다.

하지만 거짓말을 할 생각 따위는 하지 말라는 듯 바라보고 있는 사무진을 확인하고서 마침내 고개를 끄덕였다.

"솔직히 말하면 몰랐네."

"……."

"하지만 자네가 혈마옥에서 탈옥한 것이 확실하다는 것을 깨닫고서 의심을 품었네. 자네가 나올 수 있었다면 그들도 나올 수 있지 않았을까 하고."

"그래서 그 이유를 알아냈겠죠?"

"아무에게도 알리지 않고 은밀히 조사는 해보았네."

허민규의 말을 듣고 사무진이 눈을 빛냈다.

그때도 느꼈지만 허민규는 무척이나 똑똑한 자였다.

그 사실을 눈치챈 이상, 당연히 조사를 했을 것이라고 생각했던 사무진의 예상은 빗나가지 않았다.

"그래서 뭘 알아냈죠?"

"기밀이네. 그것도 일급 기밀일세."

"그래서 말할 수 없다?"

"미안하네."

단호한 표정으로 거절하는 허민규를 바라보던 사무진이 머리를 긁적였다.

"천중악이 살아 있기 때문이죠."

사무진이 툭 내뱉은 천중악이라는 이름을 듣자마자 허민규의 표정이 일그러졌다.

그리고 얼마나 당황했는지 표정을 수습하지도 못했다.

"자네도 알고 있었군."

"대충은요."

"그렇다면 자네가 알고 싶은 것은 뭔가?"

어렵게 꺼내는 허민규의 이야기를 듣고서 사무진이 대꾸했다.

"천중악이 이끄는 진짜 마교는 강한가요?"

# 第七章
## 마교 문지기

共同
傳人
공동전인

의심하기 시작한 지는 꽤나 오래되었다.

무명 노인에게서 천중악이 살아 있다는 이야기를 들은 후부터였으니까.

그리고 사무진이 폐관 수련을 하느라 나가 있는 일 년 동안 심 노인이 모은 마교의 무인이 불과 서른두 명밖에 되지 않는다는 것으로 인해 그 의심은 짙어졌다.

그래서 어느 정도 예상은 하고 있었다.

살아 있는 천중악이 이끌고 있는 진짜 마교가 있을 것이라고.

그리고 지금 허민규의 표정을 보면서 그 예상은 확신으로 바뀌었다.

"워낙에 움직임이 은밀해서 완전히 파악하지 못했네. 다만 지금까지 알아낸 것을 통해서 짐작은 할 수 있지. 예전의 마교와 비교한다면 약하지만 어느 정도 그 세력을 회복한 것으로 보이네."

시간이 지나 조금 안정을 찾은 허민규가 대답을 꺼냈다.

그리고 그 대답을 듣고서 사무진은 생각에 잠겼다.

막연히 추측하고 있던 것이 사실로 드러나자 머리가 더욱 복잡해졌다.

"하나만 더 묻죠."

"뭔가?"

"천중악도 마교의 개파식 소식을 들었겠죠?"

"아마도."

"움직일까요?"

사무진은 무척이나 어렵게 던진 질문이었지만 허민규는 별로 고민하지도 않고 고개를 흔들었다.

"움직이지 않을 걸세."

"확실한가요?"

"솔직히 말할까?"

어서 말해보라는 사무진의 눈빛을 확인한 허민규가 말을 꺼냈다.

"강호라는 곳은 만만한 곳이 아니네."

"그게 무슨 뜻이죠?"

"자네는 어떻게 생각할지 모르지만 강호인들은 바보가 아니네. 나름의 정보력을 가지고 있지. 이제 곧 개파식을 하는 자네의 마교가 가진 힘에 대해서도 알고 있지. 그리고 자네의 마교를 바라보는 객관적인 시각은 하나네."

"뭐죠?"

"멸문!"

"멸문?"

"아마도 자네가 배첩에 적어놓은 개파식이 열리는 날 멸문하지 않을까 하고 생각하고 있네. 아니, 좀 더 솔직히 말하면 개파식이 열리기도 전에 멸문할 가능성이 높다고 생각하고 있네."

"그런가요?"

"냉정하게 들리겠지만 그게 지금 자네가 이끌고 있는 마교의 현실이네."

허민규의 이야기가 끝났다.

그리고 사무진의 입가로 웃음이 스치고 지나갔다.

화가 나야 하는데 이상하게 웃음이 났다.

그런 사무진의 머릿속으로 하나의 생각이 가로질렀다.

"무림맹주가 약속을 지키겠다고 그렇게 쉽게 말한 것도 그런 계산이 깔려 있었던 거로군요."

"부인하기는 어렵군."

다시 한 번 속내를 털어놓는 허민규를 바라보던 사무진의 얼굴에 떠올라 있던 웃음이 짙어졌다.

"하지만……."

"하지만 뭔가요?"

"자네가 이끄는 마교가 이번에 멸문을 당하지 않는다면 무림맹의 생각이 바뀔 수도 있지. 전대 교주인 천중악이 이끄는 진짜 마교보다는 자네가 이끄는 가짜 마교가 다루기 편하거든."

허민규는 끝까지 솔직했다.

현 시점에서 다루기 쉽다는 이유로 사무진이 이끄는 마교에 힘을 실어줄 수 있다는 이야기까지도 주저하지 않고 꺼내고 있었다.

사무진으로서는 충분히 기분이 나쁠 수도 있는 상황.

하지만 사무진의 표정은 변하지 않았다.

그리고 정작 사무진의 신경을 긁어놓은 말은 따로 있었다.

가짜 마교.

사무진이 재건하려고 하는 마교는 고작 가짜 마교로 취급당하고 있었다.

그것도 마음만 먹으면 아무 때나 없앨 수 있는 그저 그런 문파로.

"가짜 마교는 없어요."

"응?"

"새로운 마교가 있을 뿐이지."

허민규에게서 듣고 싶던 이야기는 모두 들었다.

이제 남은 것은 사무진이 재건하는 새로운 마교가 약하지 않다는 것을 만천하에 보여주는 것뿐이었다.

그리고 사무진이 떠나려는 순간, 이번에는 허민규가 질문을 던졌다.

"하나 궁금한 것이 있네."

"뭐죠?"

"아미성녀님을 알고 있나?"

지금 허민규가 던지고 있는 질문은 사무진의 예상했던 것과는 전혀 다른 뜬금없는 것이었다.

그래서 잠시 당황했던 사무진이 한참만에야 대답했다.

"알긴 알죠. 그런데 갑자기 그 얘기는 왜 꺼내는 거예요?"

"역시 만났을 거라 생각했지. 내가 알고 싶은 것은 자네가 어떻게 아미성녀님이 지키고 있는 혈마옥에서 벗어났는가 하는 것일세. 내가 아는 아미성녀님은 세상 그 누구보다 마인들을 증오하시는 분이지. 차라리 아미성녀님이 돌아가셨다면 이해가 갔겠지만 아미성녀님은 살아 계셨어."

사무진이 머리를 긁적였다.

그리고 환환만화공 때문이라고 대답하려다가 그냥 입을 다물었다.

"그냥 보내주던데요."

"정말인가?"

"믿기 싫으면 믿지 말아요. 그리고 그렇게 궁금하면 나한테 묻지 말고 아미성녀한테 직접 물으면 되잖아요."

귀찮아서 대충 대답하고 사무진이 일어설 때, 허민규가 고개를 갸웃하며 대답했다.

"그럴 수가 없다네. 아미성녀님은 사라졌으니까."

"어디로 갔는데요?"

"사랑을 찾으러 간다는 말만을 남기고 떠나셨지."

"누군지 몰라도 불쌍하네요."

허민규의 대답을 흘려들으며 사무진이 일어났다.

"교주님께서는 최고급 마차가 아니면 타시지 않는다!"

심 노인의 모습이 보이지도 않을 만큼 멀리 떨어진 거리였지만, 고래고래 지르는 소리는 벌써 귓가를 울리고 있었다.

'또 왜 이렇게 시끄러워?'

조금 가까이 다가가 보니 얼굴이 벌겋게 달아오른 심 노인은 체격이 건장한 초로의 노인에게 삿대질을 하는 중이었다. 사무진을 보자마자 반색을 하고서 뭔가를 말하려는 심 노인의 표정을 보고, 서둘러 고개를 돌렸다.

"대체 왜 저래요?"

차라리 홍연민에게 묻는 편이 낫겠다는 생각이 들어 질문을 던졌지만, 그도 정상이 아닌 것은 마찬가지였다.

"모르겠네."

"심 노인이 삿대질하고 있는 파란 옷 입은 노인은 누군데요?"

"권왕 서붕이라고 무림맹 외당 당주일세."

별것도 아니라는 듯이 대꾸하는 것을 보니 확실히 이상했다.

외당 당주라면 무림맹주 다음으로 차지하는 비중이 높은 자였다.

지금쯤 심 노인의 곁에 서서 안절부절못하고 있어야 정상이었는데 홍연민은 넋을 잃은 채 뭔가를 바라보고 있었다.

"뭘 보고 있어요?"

"선녀일세."

"선녀요?"

"이렇게 가까이서 보니 왜 천하제일미녀라 불리는지 알겠군. 마흔 평생에 저렇게 아름다운 여자는 처음일세."

마치 꿈꾸는 사람처럼 아련한 목소리로 중얼거리는 홍연민이 바라보고 있는 곳으로 시선을 던진 사무진이 고개를 끄덕였다.

홍연민이 선녀라고 부르는 것은 요화 서옥령이었다.

비록 나이가 마흔이 넘었다고 하나, 그도 사내.

면사도 쓰지 않고서 환하게 웃고 있는 서옥령의 모습을 보고서 홍연민이 선녀라 부르는 것이 이해가 가지 않는 것은 아니었다

"그때는 인사도 제대로 하지 못하고 헤어져 서운했습니다. 오래간만에 뵙습니다. 사 소협, 아니, 이제는 사 교주님이라고 불러야겠군요."

그리고 사무진의 곁으로 다가온 서옥령이 인사를 건넸다.

"교주님은 무슨, 그냥 예전처럼 사 소협이라고 불러요."

"그럴 수는 없지요. 어쨌든 무사하셔서 다행입니다."

서옥령이 웃자 다시 얼굴에서 빛이 나기 시작했다.

그리고 그런 서옥령을 바라보는 것이 부담스러워 고개를 돌린 사무진의 눈에 홍연민의 뺨이 도홧빛으로 물들어 있는 것이 보였다.

"정신 차려요."

"응?"

"웬 주책이에요?"

"뭐가 말인가?"

"짝사랑하기에는 나이가 너무 많은 것 아닌가?"

반쯤 넋이 나가 있는 홍연민을 보며 한숨을 내쉬던 사무진이 누군가 다가오는 것을 느끼고 다시 고개를 들었다.

"얘기는 들었다, 내 딸의 생명의 은인이라는."

조금 전까지 심 노인과 삿대질을 하고 있던 서붕이 다가와 있었다.

그리고 특별한 이유도 없이 적의가 담긴 매서운 눈초리를 보내고 있는 서붕을 사무진도 피하지 않고 노려보았다.

"확실하네요."

"뭐가 말인가?"

"서 소저는 어머니를 닮았다는 거요."

"재미없군!"

사무진이 던진 농담은 전혀 통하지 않았다.

서붕이 정색한 채 사무진을 본격적으로 살피기 시작했다.

"내 얼굴에 뭐가 묻었어요?"

"자네는 마교의 교주 같지 않군."

"마교의 교주치고는 너무 선량하게 생겼죠."

"그건 그렇군."

"마교의 교주라고 해서 꼭 잔혹하게 생겨야 하는 건 아니니까요."

"역시 맘에 들지 않아."

끝까지 노려보던 서붕이 역시 맘에 들지 않는다는 한마디를 남긴 채 고개를 돌리는 것이 보였다.

"누군 좋은 줄 아나?"

지지 않고 대꾸하던 사무진이 얼굴을 찡그렸다.

조금도 반갑지 않은 서문유의 얼굴이 보였다.

그리고 마침 곁으로 다가와서 사무진이 인상을 쓰고 있는 것을 확인한 심 노인이 조심스럽게 물었다.

"마음에 들지 않는 것이 있으십니까!"

"반갑지 않은 사람이 있어서요."

사무진과 눈싸움이라도 하듯 강렬하게 노려보고 있는 서문유를 확인하고서 심 노인이 다시 물었다.

"무례하게 교주님을 째려보았으니 눈을 뽑아버릴까요?"

"그랬으면 좋겠지만 위험한 놈이에요."

"고수입니까?"

"저 이글거리는 눈빛을 보고 뭔가 느껴지는 것 없어요?"

"눈빛이 심상치 않기는 한데. 미친 놈입니까?"

"이게 참 설명하기가 곤란한데……."

사무진이 잠시 망설이다 설명을 시작했다.

"그러니까 나를 좋아해요."

"교주님의 명성을 듣고 흠모하는가 보군요. 마교도로 흡수할까요? 보아하니 아직 젊은 것치고는 실력도 쓸 만한 것 같습니다. 얼굴도 잔혹하게 생긴 편이고. 어떻게 괜찮은 자리로 하나 만들어보겠습니다."

"그게 아니고. 나를 이성으로… 아니, 동성으로 좋아해요."

사무진의 말이 잘 이해가 가지 않는 듯 심 노인이 눈을 끔벅거렸다.

그리고 잠시 뒤 그 말의 의미를 깨닫고 흠칫했다.

"변태입니까?"

"심 노인도 조심해요."

"설마 저처럼 늙은이까지 좋아하겠습니까?"

"모르는 소리 말아요. 남녀노소를 가리지 않아요. 아니, 남자라면 노소를 가리지 않는 무서운 놈이에요."

"조심하겠습니다."

사무진 못지않게 강렬한 시선으로 서문유를 한 번 쏘아본 심 노인이 그제야 하고자 했던 말을 꺼냈다.

"마차를 미리 준비했습니다. 이제 그만 출발하시지요."

"조금만 더 기다려요."

"왜 그러십니까?"

"아직 오지 않은 사람이 있어서요. 아, 저기 오네요."

유가연이 걸어오는 것이 보였다.

그리고 오늘 유가연은 지금까지 사무진이 보아왔던 모습과 전혀 달랐다.

저 멀리서 걸어오고 있는 유가연은 평소에 입던 경장이 아니라 고운 비단 치마까지 입고서 한껏 치장한 모습이었다.

게다가 다소곳하게 고개까지 숙이고 있었다.

"누굽니까?"

"무림맹주의 딸이에요."

"소문과 달리 아주 조신한 것 같습니다."

"소문이 맞아요."

심 노인의 그릇된 생각을 바로잡아 주며 사무진이 짤막하게 한숨을 내쉬었다.

천년마교의 본산이 있는 항주로 돌아가는 길은 생각처럼 순탄치 않았다.

출발조차 쉽지 않았다.

당장 마차에 타는 것에서부터 팽팽한 신경전이 벌어졌다.

준비되어 있는 마차는 두 대.

그리고 각각의 마차에는 네 명이 넉넉히 탈 공간이 있었다.

별로 고민하지도 않고 사무진이 왼편에 서 있는 마차로 올라타자 당연하다는 듯이 유가연이 올라탔다.

그 뒤를 서옥령이 따랐고.

마지막으로 남은 한 자리를 놓고 심 노인과 홍연민 사이에 경쟁이 불붙었다.

"교주님을 모셔야 하니 이 마차에는 내가 타는 것이 당연하지."

그 말을 남기고 심 노인이 마차에 오르기 직전, 홍연민이 심 노인의 앙상한 손목을 잡고 놓아주지 않았다.

"내가 타겠소."

"뭐야?"

"내가 탄다고 하잖소."

"이게 미쳤나?"

"그래, 미쳤소."

평소에는 심 노인의 눈도 제대로 마주하지 못하던 홍연민이었지만, 늦은 나이에 찾아온 짝사랑의 위력은 무서웠다.

한 치도 물러서지 않고 눈싸움을 했다.

하지만 결국 승자는 심 노인이었다.

홍연민은 심 노인에게 한 대 얻어맞고 눈가에 시퍼렇게 멍이 들고서야 씩씩거리며 다른 마차에 올라탔다.

그리고 마차가 출발한 뒤 한참이나 지나서야 심 노인은 겨우 흥분을 가라앉혔다.

"네가 무림맹주의 딸이냐?"

사무진의 곁에 찰싹 달라붙어 있는 유가연을 못마땅하게 바라보며 심 노인이 질문을 던지자마자 유가연이 사무진을 바라보았다.

"저 노인은 누구야?"

"우리 마교의 장로!"

사무진의 대답을 들은 유가연이 눈을 반짝였다.

혈마옥 안에 있던 마교의 장로들에 대한 설명을 들었기에 호기심이 가득한 눈으로 심 노인을 바라보고 있었다.

그리고 사무진도 흥미가 생겼다.

늘 궁금했었다.

세상에서 가장 상대하기 힘들다고 알려진 멋모르고 치대는 어린아이와 치매 걸린 노인이 만나서 싸우면 누가 이길까가.

그러나 상황은 사무진의 기대와 전혀 다르게 흘러갔다.

"그 유명한 마교의 장로님은 지금 보니 멍청이네요.

"내가 조금 유명하기는 하지."

"사실 저 마교 좋아해요."

"그래?"

"앞으로 잘 부탁드려요. 어쩌면 저 거기서 살지도 모르거든요."

"우리 마교도가 되고 싶다는 뜻인가?"

"비슷해요."

"그럼 내가 특별히 한 자리 마련해 주지."

"역시 소문대로 화끈하시네요."

"그래? 내가 그런 소리를 좀 듣긴 하지. 클클."

"근데 어떤 자리를 주실 건데요?"

"군사가 어떨까?"

피가 터지게 싸울 것이라는 사무진의 예상과 달리 두 사람 사이의 분위기는 좋다 못해 화기애애했다.

그리고 어느새 홍연민이 죽을 고비를 넘기면서 힘겹게 얻었던 마교의 군사 자리까지 준다는 호언장담까지 이끌어내고 있었다.

어이없다는 표정을 지은 채 고개를 절레절레 흔들고 있던 사무진은 끈질기게 따라붙는 시선을 느끼고 얼굴을 굳혔다.

그 시선의 주인은 바로 앞에 앉아 있는 서옥령이었다.

슬며시 고개를 돌렸다가 보석처럼 까만 두 눈으로 뚫어져라 바라보고 있는 서옥령과 시선이 부딪치자마자 사무진이 움찔했다.
서옥령의 눈빛이 심상치 않았다.
분명히 처음 만났을 때는 저런 눈빛이 아니었다.
그 당시만 해도 감정이 전혀 담기지 않은 무심한 눈빛이었는데.
지금 그윽하게 바라보고 있는 저 눈빛은 뭔가를 갈망하는 것 같았다.
"많이 걱정했어요."
"나를요?"
"다시는 만나지 못할까 봐. 꼭 다시 만나서 사과를 하고 싶었거든요."
굳이 따지면 서옥령이 사과를 할 일은 없었다.
그 계획을 꾸민 허민규나 철무경이 사과를 해야 마땅한 일이었으니까.
"뭐, 이미 다 지나간 일이니까요."
신경 쓰지 말라는 의미로 사무진이 한마디를 던지자 그제야 서옥령도 조금은 마음이 편해진 듯 보였다.
그리고 그런 그녀가 갑자기 이상한 부탁을 했다.
"그때 그 웃음을 다시 한 번 볼 수 없을까요?"
갈구하고 있는 서옥령의 눈빛을 마주하고서 사무진이 고개를 수그렸다.
무심코 날렸던 살인미소의 여파는 생각보다 훨씬 컸다.

그날로부터 벌써 일 년이 넘게 흐른 지금까지도 서옥령은 그때 사무진이 날린 살인 미소를 잊지 못하고 호감을 보이고 있었다.

"나중에요."

서옥령과 시선이 부딪치지 않도록 고개를 푹 수그린 채 대답하던 사무진의 목덜미로 갑자기 소름이 돋았다.

그저 살인미소 한 번 날렸을 뿐인데 서옥령이 이런 반응을 보이는데 환환만화공을 제대로 펼친 경우라면 대체 어떨까.

불안했다.

소름이 끼치며 갑자기 정체 모를 불안감이 스멀스멀 목덜미를 타고 올라왔다.

앞으로 환환만화공은 절대 함부로 펼치지 않겠다는 다짐을 하는 순간, 조금 전 허민규가 꺼낸 말이 떠올랐다.

"아미성녀님은 사랑을 찾아서 떠난다는 말만을 남기고 홀연히 사라지셨다네."

갑자기 머리를 스치고 지나가는 아미성녀의 얼굴.

그리고 그제야 사무진은 그 불안감의 정체를 알아냈다.

"설마 아니겠지."

말도 안 되는 상상이라고 생각을 하면서도 여전히 뜨거운 눈빛을 보내고 있는 서옥령의 모습을 보자 불안함은 사라지지 않았다.

그리고 머지않아 이 불안감이 현실로 나타날 것 같은 예감이 자꾸만 깃들었다.

*　　　*　　　*

"하하핫!"

호중경이 참지 못하고 웃음을 터뜨렸다.

벌써 같은 내용을 세 번째 읽는 것이지만 볼 때마다 웃음이 터져 나오는 것을 참을 수가 없었다.

"뭐가 그리 즐거운가?"

"오셨습니까?"

호중경이 자리에서 일어나 공손하게 염혼경을 맞이했다.

비록 그가 사도맹의 이공자라는 신분이었지만 염혼경은 함부로 대할 수 있는 자가 아니었다.

"이 배첩을 보고 웃었습니다."

"배첩?"

"개파식을 연다는 것을 알리기 위해 저희 사도맹에 보낸 배첩입니다."

"어느 문파인가?"

"꽤나 유명한 곳입니다. 마교지요."

시비가 내려놓은 찻잔을 들고 [illegible] 염혼경이 호중경의 이야기를 듣고서 표정이 살짝 굳어졌다.

"재밌군."

"이 배첩을 보시면 더욱 재미있으실 겁니다. 직접 읽어보시죠."

찻잔을 내려놓은 염혼경이 호중경에게서 배첩을 건네받았다.

그리고 그 배첩을 모두 읽은 염혼경이 웃음을 참기 위해서 입술을 실룩였다.

"겁없는 자들의 장난일까?"

"그저 단순한 장난치고는 너무 무모하지 않습니까?"

"그도 그렇군. 찾아갈 생각인가?"

"배첩 말미에 많이 찾아와서 축하와 함께 따뜻한 격려를 해달라고 써놓았으니 가볼 생각입니다. 그게 아버님의 뜻이기도 하니까요."

호중경의 눈가를 스치고 지나가는 차가운 살기를 놓치지 않은 염혼경이 가볍게 고개를 끄덕였다.

"실망했나?"

그리고 염혼경이 던진 질문을 들은 호중경이 쓴웃음을 지었다.

"왜 그렇게 생각하십니까?"

"자네를 곁에서 지켜본 지 벌써 십 년이 훌쩍 넘었어. 그런 내 눈에 비친 자네는 무척이나 야망이 큰 사람이지. 그저 이인자에 만족할 그릇이 아니지."

"아직 저를 잘 모르시는군요."

호중경이 찻잔을 들어 올려 입을 축이며 대답했다.

지금 염혼경이 이런 말을 꺼내는 이유는 그도 잘 알고 있었다.

사도맹과 무림맹의 대결이 본격적으로 시작된 지금.

사도맹의 일공자이자 호중경의 하나밖에 없는 형인 호중천은 무림맹과의 대결을 선두에서 이끌고 있었다.

그에 반해 호중경은 그 자리에 없었다.

그리고 그에게 맡겨진 임무는 마교의 재건을 알린다는 겁 없은 배첩을 보낸 자들을 찾아가서 처단하라는 자그마한 임무였다.

"저희는 피를 나눈 형제입니다. 아버님께 선택받기 위해 최선을 다하겠지만 그래도 결국 제 능력이 부족하다면 그것도 제 운명이겠지요. 그리고 운명은 억지로 거스르는 것이 아니라고 배웠습니다."

"일공자도 같은 생각일까?"

"아마 그럴 것입니다. 피를 나눈 형제란 그런 것이니까요."

염혼경이 의외라는 눈빛으로 바라보았지만 호중경의 표정은 담담했다.

"그보다 무척 재미있을 것 같지 않습니까? 마침 기분도 울적했는데 바람이나 쐬고 와야겠습니다."

"함께 가지."

"아닙니다. 이런 소일거리를 처리하는 것까지 장로님의 도움을 받을 수는 없지요. 제가 처리하겠습니다. 이런 기가 막힌 배첩으로 오랜만에 저를 웃음 짓게 해주었으니 그 답례로 영원히 잊혀지지 않을 따뜻한 격려를 해주고 돌아오겠습니다."

호중경의 입가로 차가운 웃음이 스치고 지나갔다.

* * *

독안괴 소자출은 입맛이 썼다.

일진이 무척이나 더러운 날이었다.

어제 꿈이 좋았다.

용이 한 마리도 아니고 세 마리씩이나 등장하는 꿈을 꾸었으니까.

그래서 도박장을 찾았다.

하지만 우연히 찾아 들어간 백운 도박장에서 은자 백 냥이나 되는 거금을 한푼도 남김없이 모조리 날려 버리는 데 걸린 시간은 불과 한 시진이었다.

원래라면 겁도 없이 자신의 돈을 딴 도박사 놈을 반쯤 죽여놓고 잃어버린 원금에 더해 이자까지 두둑이 얹어서 챙겨왔어야 했는데 하필이면 그 도박장이 적룡방에서 뒤를 봐주고 있는 곳이었다.

물론 적룡방 따위를 두려워할 그는 아니었다.

하지만 지금 적룡방의 방주인 사철중과 그는 안면이 있는 사이였다.

예전에 실수로 관에 몸담고 있는 자와 시비가 붙어 분을 참지 못하고 죽여 버린 적이 있었다.

원래부터 죽일 생각은 아니었다.

관에 몸담고 있는 자를 죽이는 것은 아무래도 껄끄러웠으니까.

그저 적당히 훈계나 해줄 요량이었는데 그날은 술이 너무 과했었다.

잘못했다는 말 한마디면 충분했는데.

미련할 정도로 고집스럽게 사과를 하지 않고 버티던 놈이 마지막으로 꺼낸 말에 눈이 돌아가 버리고 말았다.

자신도 모르게 손에 힘이 들어갔고, 그대로 즉사했다.

관과 무림은 불가침의 영역.

그 암묵적인 공조를 깨뜨린 대가는 혹독했다.

관부의 무인들에 의해 쫓기는 것뿐만 아니라, 관부의 압력을 받은 문파들의 무인들에 의해서도 동시에 쫓기는 신세가 되었다.

쉽게 말해 사방이 적이었다.

죽을힘을 다해 도망치며 유람객으로 변장해서 간신히 항주까지 들어왔을 때, 그는 사실 반쯤 시신 상태였다.

그리고 반쯤 포기하다시피 했을 때, 위험을 무릅쓰고 그를 숨겨주었던 것이 적룡방주인 사철중이었다.

아무리 소자출이 제멋대로라고는 하나, 은혜를 원수로 갚는 것은 내키지 않았다.

그날 자신의 손에 얻어맞아 죽었던 관인 놈이 한 말처럼 근본도 모르는 놈이라고 해도, 그도 철저히 지키는 것이 있었다.

은혜를 원수를 갚는 것은 인간이기를 포기하는 것이었다.

그래서 소란을 일으키지 않고 백운 도박장에서 조용히 빠져나온 소자출은 빈털터리 신세였다.

물론 수중에 돈이 없다고 해서 크게 걱정은 되지 않았다.

독안괴라는 별호를 가진 소자출은 흑도에서는 거물까지는 아니더라도 어느 누구도 무시하지 못할 명성을 얻고 있었다.

이곳 항주 바닥에 있는 흑도 문파들 중 어디를 가나 그를 귀빈으로 대우해 줄 것이 당연했다.

그리고 그가 굳이 이야기를 꺼내지 않아도 넌지시 은자가 들어 있는 주머니를 건넬 것은 뻔했다.

하지만 별로 내키지 않았다.

그 사건이 벌어진 지도 벌써 오 년.

이제는 잠잠해졌지만 아직 방심할 수는 없었다.

관에 몸담고 있는 놈들은 생각보다 훨씬 끈질긴 구석이 있었다.

괜히 그랬다가 자신이 항주에 있다는 소문이 돌게 되면, 여러모로 귀찮은 일이 벌어질 것이 틀림없었다.

차라리 자신의 얼굴을 모를 만한 생긴 지 얼마 안 되는 문파에 들어가서 실력을 보여주고 몇 푼 챙기는 편이 낫겠다는 생각을 하며 걸음을 옮기던 소자출이 멈춰 섰다.

천년마교.

"이건 뭐야?"

커다란 현판을 보고 처음에는 잘못 봤나 하고 생각했다.

그런데 하나밖에 남지 않은 눈을 슥슥 비비고 난 뒤 다시 보았지만 현판에는 '천년마교'라고 떡 하니 적혀 있었다.

"마교가 망한 지가 언젠데."

잘못 본 것이 아니었다.

그리고 소자출은 삼십 년 전 망했던 마교가 다시 재건했다는 소식에 대해서는 전혀 들은 적이 없었다.

아무리 생각해도 이건 제정신이 아닌 멍청한 놈들이 벌이는 짓이 틀림없다는 생각을 하면서도 호기심이 생겼다.

"어이, 너!"

그래서 문지기로 보이는 놈들 중 한 놈을 지목했다.

문지기 주제에 죽립을 깊숙이 쓰고 있는 것이 아무래도 건방지다 생각했는데 그 생각은 틀리지 않았다.

분명히 소자출이 부르는 것을 들었을 텐데도 고개조차 들지 않았다.

아무것도 못 들은 것처럼 땅바닥만 바라보고 있었다.

"야, 너 내가 부르는 것 못 들었어?"

불과 한 시진 만에 전재산인 은자 백 냥을 고스란히 잃은 것 때문에 가뜩이나 기분이 좋지 않던 소자출은 슬슬 부아가 치밀어 오르기 시작했다.

고작 문지기 주제에 감히 자신을 무시하고 있었다.

이런 놈들은 정신이 번쩍 들 정도로 밟아주어야 한다.

그래서 저벅저벅 걸어간 소자출이 문지기 놈의 앞으로 다가갔다.

"사람이 부르면 들은 척을 해야지. 안 그래?"

건방진 문지기 놈의 가슴팍을 소자출이 손가락으로 쿡쿡 찔렀다.

그리고 그제야 문지기 놈이 깊숙이 눌러쓰고 있던 죽립을 슬쩍 들어 올리고서 소자출을 째려봤다.

죽립 아래 드러난 눈빛.

째려보고 있는 그 눈매가 무척이나 날카로웠지만, 천하의 소자출이 이 정도로 겁을 먹을 리 없었다.

"문지기 주제에 건방지게. 너 내가 누군지 알아?"

흔들.

고개를 흔들고 있는 문지기 놈을 향해 소자출이 조곤조곤한 목소리로 자신의 정체를 밝혀주었다.

"나 독안괴 소자출이야."

"……."

"눈깔은 멋으로 달고 다니냐?"

이 문지기 놈도 완전히 바보는 아니었다.

소자출의 별호를 듣고서는 그제야 사태 파악이 된 듯 가늘게 신형을 떨기 시작했다.

그리고 그것을 보고 조금 마음이 풀렸다.

"겁먹었냐? 그래도 죽이지는 않을 테니까 너무 겁내지는 마."

혹시 길바닥에서 오줌을 싸는 것이 아닐까 하는 걱정이 들어서 어깨를 가볍게 두드리며 소자출이 달랠 때, 문지기 놈이 처음으로 입을 뗐다.

"그냥 가라!"

팔자에도 없는 문지기라니.

천하의 마도삼기가 문지기를 한다?

이건 강호사의 일대 사건이었다.

굳이 비유하자면 소림의 정예 무승인 백팔나한이 동네 뒷골목 건달들과 시비가 붙었다가 얻어맞고 눈가에 멍이 들어서 돌아온 것과 마찬가지의 대사건이었다.

하지만 피할 방법이 없었다.

젖비린내 나는 놈이라고 [illegible] 쳤던 [illegible] 임성난 고수였다.

감히 다시 덤벼볼 엄두도 나지 않을 정도로.

그때 얻어맞았던 기억을 떠올리면 아직도 소름이 돋았다.

손이 벌벌 떨릴 정도로.

그래서 일단 죽립을 구했다.

그리고 죽립을 하나씩 사이좋게 깊숙이 눌러쓴 마도삼기는 고개도 들지 않고 조용히 땅만 바라보았다.

지금 마도삼기에게 제일 두려운 것은 실력이 쟁쟁한 고수들이 쳐들어와서 싸움이 생기는 것이 아니라 누가 그들을 알아보는 것이었다.

"어이, 너!"

그래서 누군가가 부르는 것을 느끼고 살짝 고개를 들었던 장경은 금세 똥 씹은 표정으로 변했다.

하필이면 저 새끼는 자신을 가리키고 있었다.

그리고 윤극과 제원상은 자신이 지목되지 않은 것에 안도의 한숨을 내쉬며 장경의 시선을 외면하고 있었다.

짧게 한숨을 내쉰 장경은 바닥으로 고개를 더욱 떨구었다.

그렇게 고개를 숙인 채 제발 그냥 지나가라고 빌었지만 이 겁대가리를 상실한 놈은 결국 장경의 바람을 외면했다.

그리고 그걸로 모자라 건방지게 손가락으로 가슴을 쿡쿡 찌르고 있었다.

가슴을 찌르고 있는 부실하고 연약해 보이는 손가락을 물끄러미 바라보며 한참이나 고민했다.

그냥 죽여 버릴까.

아니면 무시하고 끝까지 참을까.

"나 독안괴 소자출이야."

그리고 그냥 죽여 버려야겠다는 결심을 굳혔을 때, 놈이 자신의 정체를 밝혔다.

'누구지?'

기억이 가물가물했다.

어디서 들어본 것 같기는 한데 머릿속에 명확히 떠오르지는 않았다.

그리고 장경의 머릿속에 '독안괴'라는 별호가 각인되어 있지 않은 것만으로도 그리 실력이 뛰어난 놈이 아니라는 것은 확실했다.

"그냥 가라."

"문지기 주제에 반말을 찍찍 내뱉어?"

그래서 눈을 부라리며 그냥 가라고 말했지만 소자출이라는 놈은 눈치가 없었다.

아니, 눈치가 없는 것으로 모자라 제 무덤을 열심히 파고 있었다.

"너 글 못 읽냐?"

그냥 죽일까 하다가 장경이 마지막 기회를 주었다.

"여기 마교야."

그리고 현판까지 손가락으로 가리키며 친절하게 설명해 주었지만, 소자출은 끝까지 제 무덤을 팠다.

"그런데?"

"……."

"하여간 요즘 것들은 개나 소나 마교래. 마교가 한물간 지가 언젠데."

그 대답을 듣고 슬그머니 화가 났다.

그도 마교에 속해 있는 인물.

꿈에서도 생각지 못했다.

자신이 속해 있는 마교라는 이름이 이딴 놈에게까지 무시당할 정도로 우습게 되었다는 사실이.

그리고 그 순간 결심했다.

그냥 곱게 죽이지 않기로.

일단 뒤통수를 한 대 후려갈겼다.

"너 지금 쳤……."

탁. 탁. 탁.

그리고 울컥 하고 소리를 지를 틈도 주지 않고 계속해서 뒤통수를 후려쳤다.

계속 뒤통수를 얻어맞다가 버티지 못하고 결국 바닥에 무릎을 꿇고서야 장경의 손속이 멈추었다.

"마도삼기라고 들어봤어?"

무릎을 꿇고 있는 소자출의 귓가로 장경이 자그마한 목소리로 속삭였다.

그리고 소자출이 마도삼기라는 이름을 듣고서 움찔하는 것을 확인한 장경이 한마디를 덧붙였다.

"우리, 마도삼기야."

소자출이 경기를 일으켰다.

그러나 그도 잠시, 뭔가 이상한 표정으로 소리질렀다.

"거짓말하지 마, 새끼야. 마도삼기가 할 일이 없어서 문지기를 할까?"

역시 눈치라고는 찾아볼 수 없는 놈이었다.

그리고 소자출은 결국 아까부터 자기가 파고 있던 무덤에 들어갔다.

천년마교의 정문은 금세 항주의 명소가 되었다.

수백 명이나 되는 구경꾼들이 팔짱을 끼고 구경을 했다.

그리고 그들이 흥미롭게 바라보는 것은 한 명의 사람이었다.

온몸이 완전히 땅속에 파묻혀 있고, 목 위 부분만 내놓고 있는 사람의 모습은 분명 재미있는 구경거리가 틀림없었다.

게다가 친절하게 푯말에는 그 사람의 정체까지 적혀 있었다.

독안괴 소자출.

강호와 전혀 상관없는 구경꾼들은 그 푯말에 적혀 있는 이름을 보고 히죽 웃은 것이 다였다.

그렇지만 사람들 틈에 끼어 있던 몇몇 흑도 무인들은 달랐다.

그중에 몇 명은 독안괴 소자출의 이름을 기억하고 서둘러 다가왔다.

그리고 소자출과 안면이 있던 자들이 내려다보며 물었다.

"어떤 놈들이 이랬습니까?"

"관가의 놈들입니까?!"

소리를 지르던 그들이 땅에 파묻혀 있는 그를 구해주려고 했지만 소자출은 서둘러 고개를 내저었다.

여전히 죽립을 깊숙이 눌러쓰고 자신들과는 아무 상관도 없다는 듯이 다른 곳을 바라보고 있는 마도삼기의 눈치를 힐끗 살핀 소자출이 자그마한 목소리로 부탁했다.

"제발 부탁인데, 그냥 가라."

하지만 이들은 소자출의 바람을 외면했다.

눈치를 살피던 그들은 생각보다 상황이 심상치 않다고 생각했는지 서둘러 어디론가 사라졌다.

그로부터 정확히 반 각 후, 소자출과 의형제를 맺은 적룡방주 사철중이 수하들을 이끌고 달려왔다.

"아우!"

그리고 머리만 땅 위로 간신히 내밀고 있는 소자출을 확인한 사철중은 두 눈에서 불을 뿜어낼 기세였다.

"형님!"

"누가 아우를 이리 만들었나?"

소자출이 고개를 흔들었다.

그리고 고개를 흔드는 것으로 모자라 간절한 눈빛을 보냈지만 이미 눈이 돌아간 사철중이었다. 사방으로 고개를 돌리던 사철중의 시선이 죽립을 쓰고 구석에 앉아 있는 마도삼기에게로 향했다.

그리고는 소자출의 대답도 듣지 않고 거침없이 마도삼기의 앞으로 다가갔다.

"누구 짓이냐?"

버럭 소리를 지르자마자 벽에 기대앉아 있던 장경이 슬쩍 손을 들어 올렸다.

그리고 그것을 보고 사철중이 오른손으로 거칠게 장경의 멱살을 움켜쥐었다.

"어디서 굴러먹던 놈들이냐? 지금 너희들이 어떤 실수를 했는지 알고 있느냐? 저기 묻혀 있는 것이 바로 내 의형제인……."

버럭 소리를 지르면서 왼손으로 장경의 죽립을 반쯤 벗겨냈던 사철중의 낯빛이 창백하게 변했다.

"너, 오랜만이다."

장경의 속삭임을 듣고서 사철중은 꿀 먹은 벙어리가 되었다.

당황해서 눈만 껌벅이고 있던 사철중이 한참만에야 입을 뗐다.

“여기서 대체 뭘… 하십니까?”

“놀아.”

“항주에 오셨으면 진즉에 한 번 찾아오시지 않고.”

안색만 창백하게 변한 것으로 모자라 사철중이 신형을 벌벌 떨기 시작했다.

그런 그를 향해 장경이 한마디를 던졌다.

“멱살 계속 움켜쥐고 있을 거야?”

“그럴 리가요.”

멱살을 움켜쥐고 있던 손을 서둘러 푼 사철중이 깊숙이 고개를 숙이고 서둘러 신형을 돌렸다.

그러나 장경의 한마디를 듣고 그는 멈추었다.

“그냥 가려고?”

“그럼?”

“너도 저기 땅 파고 들어가 있어.”

“네?”

“싫으면, 그냥 죽을래?”

“파겠습니다.”

사철중은 망설이지 않았다.

그리고 땅을 파던 사철중이 수하들에게 눈을 부라렸다.

“진즉에 이 방법을 쓸 걸 그랬군.”

목 아래 부분은 고스란히 땅에 묻혀 있고 머리만 간신히 밖으로 내놓고 있는 약 스무 명의 얼굴을 보면서 장경이 만족스런 표정을 지었다.

독안괴 소자출을 시작으로 적룡방주 사철중, 항주제일검 정엽, 뇌호도 철진만 등등.

나름 화려한 면면이었다.

그래도 항주 바닥에서는 세력이면 세력, 실력이면 실력으로 모두 한자리씩을 차지하고 있는 자들이었으니까.

그리고 그 정도의 인물들이 이런 몰골로 변해 있는 이유로 구경꾼들은 시간이 지날수록 더욱 몰려들어 장사진을 이루었다.

하지만 감히 더 이상 시비를 걸어올 배짱있는 이들은 없었다.

덕분에 편안하게 둘러앉아서 한가로이 잡담을 나누던 윤극이 가볍게 얼굴을 찌푸렸다.

“내일이 벌써 개파식이로군. 내일이 고비겠지.”

“얼마나 몰려들까?”

장경이 던진 질문에 제원상이 기름이 발려져 있어서 무척이나 고소한 주먹밥을 씹으며 대답했다.

“아마 수백 명은 몰려들겠지. 재미있는 구경거리가 생겼다는 생각에 온 자들이 대부분이겠지만."

"무림맹이나 사도맹만 나서지 않는다면 특별히 걱정할 것이 없지."

"그래도 불나방들이 달려들기는 하겠지. 하긴 그놈들이야 우리가 처리하면 되니 신경 쓸 것도 없겠지만."

제원상과 윤극이 나누는 대화를 묵묵히 듣고 있던 장경이 눈살을 찌푸렸다.

"자네가 말한 불나방이 벌써 오고 있군."

장경이 고개를 돌린 곳에 길이 갈라지며 남색 무복을 입고 허리에 검을 찬 일백여 명의 무인이 다가오는 것이 보였다.

"사공회다!"

"섬서의 흑도 무림을 일통한 사공회가 나타났다!"

그리고 구경꾼들이 소리를 지르는 것을 듣고 있던 장경이 입을 뗐다.

"사공회라… 들어본 적이 있나?"

"섬서성에서는 꽤나 이름있는 문파지."

"실력은?"

"그냥 쓸 만한 정도라고 하더군."

돌아오는 제원상의 대답을 듣고서 장경이 씁쓸한 웃음을 지었다.

"화산파도 아니고 고작 사공회라는 이름도 모를 문파라…

기가 막히군. 마교가 언제부터 이런 신세가 됐지?"

"어쩔 수 없지. 이게 지금 마교가 처한 현실이니까."

"기분이 상하는군."

"나도 유쾌하지는 않아, 예전이었다면 마교라는 이름만 들어도 벌벌 떨던 놈들이 설치는 것을 보는 것이."

죽립 아래로 마도삼기의 시선이 부딪쳤다.

그리고 그 눈빛을 교환한 후 동시에 자리에서 일어났다.

"어떻게 할까?"

"왜 마교라는 이름 앞에 세 살 먹은 어린아이까지 벌벌 떨었는지를 다시 모두의 머릿속에 각인시켜 주도록 하지."

허리에 걸린 도를 뽑아내는 장경의 눈가로 살기가 스쳐 지나갔다.

뚝. 뚝.

윤극의 손에 들린 검의 검신을 타고 떨어져 내린 붉은 피가 바닥을 적셨다.

검을 바닥으로 늘어뜨린 채 살짝 죽립을 들어 올린 윤극의 눈에 제원상의 혈겸이 또 한 사내의 목을 베고 지나가는 것이 보였다.

푸학.

머리가 사라지고 난 자리에서 뿜어져 나오는 붉은 피를 아무 감정이 실리지 않은 눈으로 바라보던 윤극이 마지막으로 남아 있는 중년인에게로 고개를 돌렸다.

"싱겁군."

불과 일다경.

차 한 잔 마실 시간도 지나지 않아 기세등등하게 등장했던 사공회의 일백여 무인은 모두 죽었다.

그리고 장내에는 반쯤 넋이 나간 사공회의 회주만이 살아남아 있었다.

"당신들은… 누구요?"

지금 이 현실이 도저히 믿기지 않는 듯 말까지 더듬으며 사공회의 회주가 던진 질문에 대답한 것은 장경이었다.

"알고 왔잖아."

"뭘?"

"여기가 마교라는 것 말이야."

장경의 입가로 살기가 담긴 차가운 미소가 스치고 지나갔다.

그런 그가 오른손에 쥐고 있던 도가 번쩍하며 빛을 발하자 이미 몸이 굳어 있던 사공회의 회주는 제대로 피할 엄두도 내지 못하고 목이 떨어져 나갔다.

힘없이 무너져 내리는 사공회의 회주를 슬쩍 바라보던 장경이 아직도 떠나지 않고 구경하고 있는 자들에게로 시선을 돌렸다.

날카로운 안광을 빛내며 장경이 좌에서 우로 스윽 훑었다.

그리고 사공회의 인물들이 제대로 반항 한 번 해보지 못하고 추풍낙엽처럼 떨어지는 모습을 확인한 자들의 눈에 두려움이 깃들 때였다.

"모두 잊었는가 보군, 마교의 무서움을. 원한다면 다시 생생하게 일깨워 주지."

단 한마디였다.

하지만 장경이 꺼낸 그 한마디는 이 자리에 모여 있는 모든 이들의 마음속을 뒤흔들어 놓았다.

그제야 만족스런 웃음을 지은 채 장경이 신형을 돌렸다.

"알다시피 개파식은 내일이다. 만약 그전에 안으로 들어가고 싶어하는 자들은 마교의 무서움을 직접 느끼게 될 것이다."

그리고 장경의 마지막 말이 흘러나오고 난 뒤, 장내에는 적막만이 흘렀다.

# 第八章
# 아미성녀

共同
傳人
공동전인

덜컹.

마차가 멈추었다.

문을 열고 밖으로 나온 권왕 서붕의 눈에 가장 먼저 들어온 것은 '천년마교' 라고 적혀 있는 현판이었다.

그리고 그 현판을 확인한 서붕은 의외라는 표정을 감추지 않았다.

당장 하루 앞으로 다가온 마교의 개파식.

사실 무림맹을 출발할 때만 하더라도 서붕이 도착했을 때에는 현판이 떨어져 나가고 건물은 불에 타서 흔적조차 찾기 힘들 것이라 예상했다.

하지만 그의 예상은 빗나갔다.

현판도, 건물도 모두 보란 듯이 멀쩡했다.

그래서 의아한 표정으로 고개를 돌리던 서붕이 신기한 광경을 보고 눈을 크게 떴다.

땅 위로 보이는 약 스무 개의 머리.

처음에는 죽은 자들을 묻어놓은 것이라 생각했다.

하지만 눈을 껌벅거리기도 하고, 침을 흘리기도 하며, 하품을 하는 듯 입을 쩌억 벌리는 것을 보고서 그들이 살아 있다는 것을 알아챘다.

그리고 서붕이 조금 더 놀란 것은 그 얼굴들 중에 낯이 익은 자가 있다는 것을 눈치채고 나서였다.

항주제일검 정엽과 뇌호도 철진만.

물론 그들이 천하를 논할 정도의 엄청난 고수는 아니었다.

하지만 이곳 항주 지역에서는 손꼽히는 실력을 가진 무인들이었다.

적어도 항주에서는 어느 누구도 무시할 수 없는 명성을 지닌 자들.

그런 만큼 지금 이곳에서 이렇게 초라한 모습으로 있을 것이라고는 전혀 예상하지 못했던 것이었다.

그래서 서붕이 좀 더 가까이 다가가 자세한 사정을 물어보려고 할 때, 사무진이 마차에서 내렸다.

"천마불사!"

그리고 사무진이 등장하자마자 죽립을 쓰고 한가로이 잡담을 나누고 있던 세 사내가 다가와 부복했다.

"그동안 별일없었죠?"

"물론입니다."

세 명의 죽립인이 동시에 대답하는 것을 듣던 서붕이 이번에는 죽립인들에게 관심을 가지기 시작했다.

오 장도 넘게 떨어져 있다가 사무진의 앞으로 다가온 그들의 신법은 무척이나 빨랐다.

그리고 동작 하나에는 절도가 흘러넘치고 있다.

감히 문지기나 하고 있는 인물들이라고는 믿을 수 없을 정도로.

"이건 뭐예요?"

"그게……."

서붕이 죽립인들의 일거수일투족을 살피면서 생각에 잠겨 있는 와중에 사무진과 죽립인들의 대화는 이어졌다.

몸은 땅속에 묻혀 있고, 머리만 밖으로 내놓고 있는 인물들을 물끄러미 바라보던 사무진이 희미한 웃음을 지은 채 입을 뗐다.

"개파식을 맞아서 새로 만든 장식품인가 보네요."

"그렇게 보셔도 무방합니다."

"조금 특이하기는 하지만 나쁘지는 않네요."

"교주님의 마음에 드신다니 다행입니다."

"개파식이 끝날 때까지는 계속 장식했으면 좋겠는데."

"물론 가능합니다."

걱정할 필요가 없다는 표정으로 대답을 하고 있는 죽립인들을 바라보던 사무진이 처음으로 얼굴을 찌푸렸다.

"그런데 죽립은 왜 쓰고 있어요?"

"이 죽립은… 햇살이 너무 뜨거워서 쓰고 있었습니다."

"그래요? 지금은 해 졌는데."

"삼 개월 동안 쓰고 있었더니 이제는 이게 너무 익숙해져서 그런데, 그냥 계속 쓰고 있으면 안 되겠습니까?"

죽립을 쓰고 있는 장경의 목소리에는 서붕도 느낄 수 있을 정도로 절박함이 담겨 있었지만 사무진은 단칼에 거절했다.

"벗어요."

그리고 어쩔 수 없다는 듯이 죽립을 벗는 세 사내를 보던 서붕은 참지 못하고 눈을 치켜떴다.

틀림없이 마도삼기였다.

비록 삼십 년 전의 일이기는 했지만 그 당시에도 그들의 실력은 모든 강호인들이 인정하고 있었다.

오죽했으면 당시 무적이라 불렸던 마교의 장로들조차도 그들에게는 함부로 대하지 못한다는 소문이 돌았을까.

솔직히 말하면 권왕이라 불리는 서붕 본인조차도 당시에 그들과 부딪쳤다면 승패를 장담할 수 없었을 정도였다.

그런데 지난 삼십 년간 행방이 묘연해서 마교가 몰락할 당시 모두 죽었을 것이라 예상했던 마도삼기를 여기서 만나게 될 줄은 꿈에서도 생각지 못했던 일이었다.

"문지기는 그 문파의 얼굴이에요. 즉, 인상이 좋아야 한다는 뜻이죠. 그러니까 앞으로 죽립은 쓰지 말아요."

게다가 놀랄 일은 그게 끝이 아니었다.

문지기라니.

그런데 사무진의 말에도 그들은 슬쩍 얼굴을 붉혔을 뿐 고개를 푹 수그리고 조아리고 있었다.

'설마?'

눈으로 보고도 믿기 힘든 광경.

"인사해요. 마도삼기라고 우리 마교의 문지기예요."

하지만 엄연히 사실이었다.

사무진의 소개를 들으며 그것을 확실히 깨달을 수 있었다.

그리고 마도삼기가 새로 재건하는 마교에서 고작 문지기를 맡고 있다는 것은 분명 강호의 일대 사건이었다

마교로 돌아오자마자 사무진은 심 노인과 홍연민을 집무실로 불러들였다.

"준비는 착착 진행되고 있습니다. 아무 걱정 마십시오."

그리고 심 노인이 하루 앞으로 다가온 개파식의 준비 상황을 보고하는 것을 듣고서 고개를 끄덕인 사무진이 자리를 권했다.

"할 말이 있어요."

"하명하십시오."

사무진의 말이 떨어지기 무섭게 심 노인이 대답했다.

심 노인은 잔뜩 홍이 나 있었다.

이제 정식으로 마교의 재건을 선포하는 개파식이 불과 하루 앞으로 다가오자 차오르는 흥분을 주체하기 힘든 것처럼 보였다.

그런 심 노인을 물끄러미 바라보던 사무진이 입을 뗐다.

"지금부터 내가 하는 말을 잘 들어요."

"알겠습니다."

"천중악이 살아 있어요."

"그게 누굽니까?"

"잘 생각해 보세요. 기억이 날 테니까."

심 노인이 천중악이라는 이름을 떠올리기 위해 생각에 잠길 때, 홍연민이 자리에서 벌떡 일어났다.

"그자는 죽었지 않나?"

"나도 그런 줄 알았어요. 그런데 살아 있다고 하는군요."

"그럴 수가!"

탄식을 내뱉은 홍연민이 다리에 힘이 풀린 듯 자리에 털썩 주저앉을 때까지도 심 노인은 어리둥절한 표정이었다.

"천중악이 대체 누굽니까?"

"전대 교주 이름도 기억 못 해요?"

"그야 당연히 기억… 지금 뭐라고 하셨습니까? 전대 교주님이 살아 있다고 말씀하셨습니까?"

"그래요. '천마불사' 라던 심 노인 말이 맞았네요."

사무진이 농담을 던졌지만 심 노인이나 홍연민 모두 웃지 않았다.

충격이 큰 듯 아무 말도 없이 생각에 잠겨 있던 두 사람 중 먼저 정신을 차린 것은 홍연민이었다.

"지금 어디 있는가?"

"그건 나도 몰라요. 다만 은밀하게 예전 마교의 세력들을 다시 모으고 있다는 것만 알고 있어요."

"그렇다면?"

"확실하진 않지만 아무래도 마교를 재건할 생각인가 봐요."

예상외의 이야기.

그래서 심 노인이나 홍연민은 제정신이 아닌 것으로 보였다.

"그럼 우리는 뭔가?"

제대로 이해가 가지 않는다는 표정을 지은 채 홍연민이 한참만에야 던진 질문을 듣고서 사무진이 씁쓸한 표정으로 대답했다.

"가짜 마교."

그리고 그 대답이 충격이 컸던 듯 홍연민의 표정이 아연하게 변했다.

대신 이번에는 심 노인이 정신을 차렸다.

"저는 교주님의 말을 믿을 수가 없습니다."

"심 노인이 믿고 안 믿고는 중요하지 않아요. 천중악이 살아 있다는 사실은 변하지 않으니까. 그보다 궁금한 것이 있어요."

"말씀하십시오."

"아직도 내가 마교의 교주예요?"

예상치 못한 질문이어서일까.

심 노인은 쉽게 대답을 꺼내지 못했다.

그리고 아무 대답도 하지 못하고 주저하고 있는 심 노인을 바라보며 사무진이 씁쓸한 웃음을 지었다.

심 노인은 사무진이 던진 질문에 끝내 대답하지 않았다.

사무진은 그게 못내 서운했지만, 심 노인은 그 질문에 대한 대답 대신 다른 이야기를 꺼냈다.

"혈마옥에 갇혀 있는 장로님들이 선택하신 분이 아니십니까?"

"맞아요."

"그렇다면……."

"뭔가 이유가 있겠죠."

처음에는 사무진도 단순하게 생각했다.

마교의 장로들이 사무진에게 마교 재건을 바라고 있다고.

하지만 천중악이 살아 있다는 사실을 알게 된 지금, 사무진은 그 생각이 너무 순진했다는 것을 느끼고 있었다.

그래서 이제는 알아야 했다.

혈마옥에 갇혀 있던 마교의 장로들의 진짜 의중을.

"홍 군사가 말해보세요."

"무엇을 말하는가?"

"마교가 몰락할 당시의 이야기를."

그리고 그 의중을 파악하기 위해서는 마교가 몰락할 당시의 상황을 알아야 했다.

잠시 고민하던 홍연민이 무거운 표정으로 입을 뗐다.

"그것은 심 장로가 더 잘 알고 있지 않겠나?"

"아니, 홍 군사가 말해요."

"그럼 내가 알고 있는 한도 내에서 말하겠네. 그 당시의 마교의 세력은 정말 대단했지. 무림맹은 물론이고 사도맹도 마교의 힘을 감당하기에는 역부족이라는 평이 있었을 정도였으니까. 그래서 어느 누구도 마교가 그렇게 쉽게 몰락할 것이라 예상하지 못했네. 하지만 마교의 세력이 지나치게 강성해지는 것에 불안함을 느낀 무림맹과 사도맹이 힘을 합치자 그 힘을 마교도 감당하지 못했다고 하네. 특히 당시 사도맹주 호원상과 그가 이끈 수하 열 명에게 천중악이 죽고 마교의 장로들이 압도적으로 패하며 전세는 완전히 기울어졌지. 비록 기습에 가까운 공격이었다고는 하나 결국 마교를 무너뜨린 것은 사도맹이었지."

홍연민이 이야기를 마쳤다. 눈을 감고 홍연민의 이야기를 듣던 사무진이 고개를 갸웃했다.

그의 이야기에는 틀린 부분이 많았다.

일단 천중악은 죽지 않았다.

그리고 사무진이 알고 있는 마교의 장로들은 누군가에게 그리 쉽게 패할 정도로 약하지 않았다.

더구나 빠진 부분도 많았다.

그래서 사무진이 심 노인에게로 고개를 돌렸다.

"할 말이 많을 것 같은데요."

"그게… 그렇습니다."

"그럼 이제 심 노인이 말해줘요."

"어떤 이야기를 듣고 싶으신 겁니까?"

"홍 군사가 말한 가짜 이유 말고 마교가 몰락한 진짜 이유를."

"알겠습니다."

사무진의 시선을 받은 심 노인이 잠시 주저하다 마침내 입을 떼기 시작했다.

"마교의 세력이 지나칠 정도로 강성해지는 것에 대해서 사도맹과 무림맹이 힘을 합쳤다고 하나 실제로 무림맹은 거의 움직이지 않았습니다. 그리고 무림맹이 도움을 주지 않는 사도맹만의 힘으로는 절대 마교를 상대할 수 없었습니다. 삼십 년 전에 마교가 무너진 진짜 이유는 따로 있습니다."

"뭔가요?"

"배신!"

"배신?"

"그리고 천중악 전대 교주님 때문입니다."

당시의 일을 떠올리는 것이 마음이 편하지만은 않은 듯 가볍게 얼굴을 찡그린 채 심 노인이 대답했다.

그리고 심 노인이 꺼낸 두 가지 이유는 사무진의 호기심을 유발시켰다.

"좀 더 자세히 말해봐요."

"당시 마교는 내부적으로 곪아 들어가고 있던 상황이었습니다. 그리고 그 원인은 바로 천중악 전대 교주 때문이었습니다. 결국 돌이켜 생각해 보면 전대 교주님의 우유부단함이 화를 불렀지요."

"우유부단함이라?"

"네, 당시 마교의 힘은 천금유 전전대 교주님의 덕택으로 전성기를 누리며 말 그대로 포화 상태였습니다. 하지만 전전대 교주님이 갑작스럽게 타계하시면서 구심점이 흔들리기 시작했습니다. 전대 교주님이 새로이 등극하셨지만 마교를 완전히 장악하시는데 실패하셨지요. 그 결과로 마교는 새로이 등극한 전대 교주님을 따르는 세력과 전전대 교주님을 잊지 못하고 유지를 받들기를 주장하는 세력으로 나뉘었습니다."

"전전대 교주가 남긴 유지가 뭐였는데요?"

"강호 일통이었습니다."

"꿈은 컸네요."

"단순한 꿈이 아니었습니다. 그 당시의 마교는 그만한 힘이 있었습니다. 그리고 그 당시의 마교는 그 유지를 따랐어야 했습니다. 어쩌면 전전대 교주님은 미리 알고 계셨는지도 모릅니다. 자신이 죽고 난 후에 마교 내부의 분열을 막기 위해서는 외부로 관심을 돌려야 한다는 것을."

"그런데 천중악은 결국 그 결단을 내리지 않았었군요."

"그렇습니다. 대신 사도맹과 은밀히 손을 잡았지요."

"사도맹요?"

사무진이 전혀 예상치 못한 이야기에 눈을 크게 떴다.

그러나 심 노인은 여전히 담담한 목소리로 이야기를 이어나갔다.

"하지만 돌아온 것은 배신이었습니다. 그리고 그 결과로 마교는 그렇게 무너지고 말았습니다."

아직까지도 아쉬움이 남는 듯 심 노인의 목소리에는 안타까움이 잔뜩 묻어 있었다.

그러나 사무진은 지금 심 노인이 느끼고 있는 안타까움이 전혀 와 닿지 않았다.

대신 아까부터 그가 궁금한 것은 단 하나였다.

그래서 참지 못하고 물었다.

“혈마옥에 갇혀 있는 마교의 장로들은 어느 세력이었죠?”

“그분들은…….”

심호흡을 하며 마음을 가라앉힌 심 노인이 잠시 멈추었던 말을 이었다.

“전전대 교주님의 유지를 받들고자 하셨습니다.”

천중악은 죄가 없다.

다만 그가 믿고 의지하던 창마와 고루신마라는 두 장로에게 속았을 뿐이다.

심 노인은 그렇게 말했다.

그리고 아마 혈마옥에 갇혀 있는 마교의 장로들도 같은 생각을 하고 있을 것이라고 강조했다.

‘과연 그럴까?’

심 노인의 이야기를 모두 들었지만 확신이 들지는 않았다.

하지만 조금 마음이 풀렸다.

혈마옥 안에 갇힌 채 삼 년이란 시간을 함께 보냈던 마교의 장로들에 대한 서운한 마음이 조금은 누그러들었다.

그러나 여전히 변한 것은 없었다.

“아까 던진 질문에 대한 심 노인의 대답은…….”

“…….”

“나중에 듣겠어요. 진심으로 나를 교주로 인정하고 싶은 마음이 들 때까지 기다리지요.”

“죄송합니다.”

"변한 것은 없어요. 개파식은 내일이고 천중악의 생사 여부와 상관없이 나는 마교의 교주입니다, 비록 가짜 마교라고 하더라도."

"……."

"그만 나가보세요."

심 노인이 조용히 물러났다.

그리고 홍연민 혼자 남겨지자 지금까지 조금의 흔들림도 없던 사무진의 표정이 어두워졌다.

"미안하게 됐네요."

"뭐가 말인가?"

"괜히 사지로 끌어들인 것 같아서요. 어쨌든 골치 아프게 됐네요."

"그러게 말일세."

"다 때려치우고 같이 도망칠까요?"

"그러기에는 너무 멀리 온 것 같네."

"듣고 보니 그러네요."

"일단은 현재 우리가 가진 것에 대해 분석해 보세."

심각한 표정으로 이야기를 꺼내고 있는 홍연민을 보던 사무진이 싱긋 웃었다.

"'우리'라고 하는 것을 보니 이제야 진짜 한식구가 된 것 같네요."

"꼭 그런 뜻으로 한 말은 아닌데……."

"일단 말해봐요. 우리가 가진 것이 뭐가 있죠?"

"생각보다 많네. 우선 마도삼기가 있지."

비록 지금은 초라하게 문지기나 하고 있지만 마도삼기는 고수였다.

그들 셋만으로도 어지간한 중소문파 몇 개쯤은 하룻밤 사이에 소리 소문도 없이 지워 버릴 능력이 있는.

"또요."

"괜찮은 군사가 있지."

"그건 좀 아닌 것 같은데요."

"앞으로 두고 보게. 머지않아 자네도 인정하게 될 것이니까. 그리고 무척이나 강한 장로들이 있지."

사무진이 말도 안 된다는 듯이 고개를 흔들었다.

현재 마교의 장로는 심 노인 하나뿐이었다.

아무래도 홍연민은 눈두덩이를 한 대 얻어맞고 난 뒤 심 노인을 고수라고 오해하는 것 같은데, 이건 절대 아니었다.

심 노인은 어디까지나 뼈밖에 없을 정도로 앙상한 치매 걸리기 직전의 노인일 뿐이었다.

"아직 심 노인을 잘 모르나 보네요."

"내가 말한 장로는 그가 아니네."

"그럼요?"

"현재 혈마옥 안에 있는 이들을 말하는 걸세."

"응?"

사무진이 관심을 드러냈다.

언젠가는 혈마옥 밖으로 나올 것이라 생각했다.

하지만 희대의 살인마들이 힘을 실어줄 것이라는 확신은 없었다.

그러나 홍연민은 자신의 의견을 굽히지 않았다.

"자네와 심 노인의 말을 종합해 보면 그들은 자네와 천중악 사이에서 저울질을 하고 있는 듯 보이네."

"그게 대체 무슨 소리예요?"

"설명하기는 복잡하군. 하지만 틀리지 않을 것이네. 그리고 혈마옥 안에 있는 자들은 결국 우리에게 힘을 실어줄 것이야."

"너무 긍정적으로 생각하는 것 아닌가요?"

"자네는 잘 모르나 본데 긍정의 힘이 세상을 바꾸는 밑바탕이네."

"보통 군사는 최악의 상황을 생각하던데."

"그게 바로 고정관념일세."

뭔가 못마땅한 표정으로 사무진이 머리를 긁적일 때 아직 끝이 아니라는 듯 홍연민이 다시 입을 열었다.

"아직 남은 것이 있네."

"또 있어요?"

"물론일세. 가장 중요한 것이지."

"그게 뭔데요?"

“자네.”

“나요?”

“역사상 가장 강한 마교의 교주니까.”

처음에는 농담인가 했다.

하지만 지금 이야기를 꺼내고 있는 홍연민의 눈빛에서 장난기라고는 한 점도 찾아볼 수가 없었다.

“진심인가 보네요.”

“나는 무명 노인의 말을 믿네.”

“사실 내가 조금 강하기는 하죠.”

멋쩍은 마음에 히죽 웃고 있는 사무진을 바라보던 홍연민이 조용히 한마디를 더했다.

“내가 아는 마교의 교주는 자네뿐이네.”

그 말을 들은 사무진의 입가로 희미한 웃음이 떠올랐다.

마침내 역사적인 마교의 개파식이 열리는 날이 밝았다.

사무진은 눈이 부실 정도로 하얀 백색 무복을 걸쳤다. 심 노인은 끝까지 마교의 인물에게는 흑색 무복이 어울린다고 주장했지만, 사무진도 고집을 부렸다.

그리고 사무진이 입은 백색 무복은 은근히 어울렸다.

붉은색 눈썹과 묘하게 대비되면서 눈썹을 더욱 돋보이게 만들었다.

“오늘따라 더욱 산옥무비해 보이십니다.”

칭찬인지 욕인지 구별이 안 가는 심 노인의 이야기를 들으며 방을 나서자 유가연과 서옥령, 그리고 서붕의 모습이 보였다.

가볍게 인사를 건넨 사무진이 개파식 준비가 제대로 갖추어졌는가를 확인하기 위해서 연무장으로 향했다. 그런 그의 눈에 가장 먼저 띈 것은 흑점에서 돈을 주고 산 낭인들이었다.

비록 일인당 은자 한 냥이라는 헐값을 주고 하루 동안 산 낭인들에 불과했지만, 분명 없는 것보다는 나았다.

그리고 그때 사무진과 얘기했던 흑점 주인은 정직했다.

적어도 병기는 제대로 쥘 줄 아는 자들이었다.

더구나 인상까지 험악한 것이 더욱 마음에 들었다.

"아저씨, 저 사람들이 마교도들이야?"

"정식이 아니라 수습이긴 한데. 어때 보여?"

"무섭게 생기기는 했다."

솔직한 유가연의 대답을 들으며 사무진이 고개를 끄덕였다.

저 낭인들을 산 목적은 원래 그것이었으니까.

어쨌든 준비는 그럭저럭 마친 셈이었다.

이제 남은 것은 마교 재건을 축하하고 격려하기 위해서 모인 수많은 방문객들 앞에서 공식적으로 마교 재건을 선포하기만 하면 되는 것이었다.

그리고 모든 것이 순조롭게 흘러간다고 생각했는데 문제는 전혀 예상치 못한 곳에서 발생했다.

"아저씨, 개파식이 오늘이 맞긴 한 거야?"

정문이 열렸지만 아무도 나타나지 않았다. 보다 못한 유가연이 이런 질문을 던지는 것이 어쩌면 당연할 정도로 개미 새끼 한 마리 보이지 않았다.

"아직 시간이 너무 일러서 그런가?"

일단 대충 핑계를 댔지만 시간이 흘러 해가 중천에 떠올랐을 때까지도 상황은 전혀 변하지 않았다.

그래서 사무진의 얼굴에 서서히 불안함이 깃들기 시작할 때, 마침내 첫 번째 손님이 정문으로 들어섰다.

혼자서 당당하게 정문으로 들어서는 자를 보던 사무진의 안색이 창백하게 변했다.

그리고 갑자기 안절부절못하는 사무진을 확인하고서 심 노인이 걱정스런 기색으로 물었다.

"어디 안 좋으십니까?"

"그건 아닌데……."

"그럼 왜 그러십니까?"

"아는 사람이 찾아와서요."

사무진이 고개를 푹 수그렸다.

가슴까지 내려오던 긴 눈썹을 잘랐다고 해서 알아보지 못할 리가 없었다.

이유는 알 수 없지만 양쪽 뺨을 도홧빛으로 물들인 채 들어서고 있는 것은 아미성녀가 틀림없었다.

"드디어 찾았군!"

오직 사무진에게만 시선을 고정한 채 걸어들어 온 아미성녀는 일 장 앞에서야 걸음을 멈추고 입을 열었다.

그리고 한숨을 내쉰 사무진이 대꾸했다.

"눈썹은 왜 잘랐어요?"

"답답해서."

"잘했네요. 사실 좀 답답해 보이기는 했어요. 그런데 화장은 왜 하신 거예요?"

아미성녀는 가슴까지 내려오던 하얀 눈썹만 짧게 자른 것이 아니었다.

얼마나 분을 발랐는지 분 냄새가 주변을 진동시키고 있었다.

"예쁘게 보이려고."

잠시 망설이다 꺼내는 아미성녀의 대답을 듣고서 사무진이 고개를 푹 수그렸다.

"이렇게 다시 만나게 될 줄은 꿈에도 몰랐네요."

"인연이 남아 있으니까."

아미성녀가 거칠게 콧김을 내뿜었다.

그리고 그때, 조용히 상황을 주시하고 있던 서붕이 나섰다.

"혹시… 아미성녀님이 아니십니까?"

조심스레 던진 질문을 듣고 아미성녀가 서붕을 향해 시선을 던졌다.

"누구신가?"

"서붕이라고 합니다. 현재 무림맹 외당 당주 직책을 맡고 있습니다."

강호에서 차지하는 서붕의 배분도 낮지 않았지만, 아미파의 전대 고수인 아미성녀에 비할 수는 없었다

"그런데?"

"선배님께서는 삼십 년간 혈마옥을 지키고 계시다는 소식을 들었는데 오늘 여기에는 웬일이십니까?"

"볼일이 있어서 찾아왔다."

더 이상 길게 말하고 싶지 않다는 듯 그 말을 마지막으로 고개를 돌리는 아미성녀를 보던 서붕은 내심 감탄했다.

마인들을 그 누구보다 미워한다고 알려진 그녀였다.

마교 재건을 알리는 개파식이 이곳에서 열린다는 소식을 듣고 노구를 이끌고 직접 찾아왔구나 하고 서붕이 고개를 끄덕일 때였다.

서붕이 말릴 틈도 없이 아미성녀가 신형을 날렸다. 너무 갑작스런 행동에 서붕이 말릴 생각도 하지 못하고 멍하니 바라볼 때, 사무진은 이미 아미성녀에게 잡혔다.

"왜 이래요?"

그리고 사무진이 소리를 질렀지만 아미성녀는 사무진을

끌어안고 있는 팔을 풀어주는 대신 양팔에 더욱 힘을 주며 속삭였다.

"보고 싶었어."

# 第九章
## 개파식

共同
傳人
공동전인

보고 싶었어라니…….

숨이 턱 막혔다.

그리고 아미성녀는 역시 고수였다.

목을 끌어안고 있는 양팔에 실린 힘이 어찌나 센지 아무리 발버둥을 쳐도 벗어날 수가 없었다.

그러나 숨이 막히는 고통보다 사무진을 더 기겁하게 만든 것은 조금 전 아미성녀가 귓가에 속삭인 보고 싶었다는 고백이다.

그토록 우려하던 것이 현실로 나타났다.

"일단 이것 좀 놓고 말하면 안 될까요?"

"또 도망치려고?"

"어디 도망칠 곳도 없어요."

다행히 말귀를 알아들은 듯 아미성녀가 놓아주자 사무진은 망연자실한 표정으로 그녀를 바라보았다.

눈앞이 깜깜했다.

그런 사무진의 머릿속에 가장 먼저 떠오른 것은 한쪽 눈을 깜박이던 밉살맞기 그지없는 색마 노인의 못생긴 얼굴이었다.

환환만화공을 가르쳐 준 장본인인만큼 색마 노인은 이미 이런 부작용에 대해서 알고 있었을 것이다.

하지만 색마 노인은 이런 부작용에 대해서 미리 경고해 주지도 않았고, 이런 상황이 닥쳤을 때 어떻게 해결해야 하는지도 알려주지 않았다.

지금 현재로서는 색마 노인을 다시 만나서 이 부작용을 해결할 방법을 알아내는 수밖에 없었다.

그러나 문제는 색마 노인이 혈마옥 안에 갇혀 있다는 것이다.

그리고 그동안에는 꼼짝없이 올해로 세수가 정확히 아흔하나가 된 아미성녀의 부담스럽기 그지없는 눈빛과 구애를 받아야만 했다.

"혹시 아미성녀와 혈육 관계이십니까? 그러니까 예를 들면 숨겨둔 아들이라던가 하는 그런."

"올해로 세수가 아흔하나예요."

"죄송합니다. 그럼 손자?"

그 와중에 다가온 심 노인이 사무진의 속을 뒤집어놓기 시작했다.

"아미파의 비구니들이 결혼하는 것 봤어요?"

한마디를 쏘아붙이고 난 뒤, 사무진이 아미성녀를 바라보며 한숨을 내쉬었다.

"어떻게 할 생각이세요?"

"여기서 머물겠다."

"왜요?"

"네가 여기 있으니까."

일말의 망설임도 없이 대답하는 아미성녀의 뺨은 여전히 도홧빛으로 물들어 있었다.

그리고 부담스러울 정도로 강렬한 눈빛을 확인하고서 온몸에서 힘이 쭉 빠져나갔지만 여기서 포기할 수는 없었다.

"마교를 싫어하신다고 그랬잖아요? 잘 모르나 본데 내가 마교의 교주예요."

"상관없다."

그래서 사무진이 고심 끝에 이야기를 꺼냈지만, 이번에도 아미성녀는 조금도 주저하지 않고 대답했다.

"내 남은 삶은 너와 함께하겠다."

그리고 사무진의 가슴을 덜컥 내려앉게 만드는 한마디를

덧붙이자마자 정신이 혼미할 정도였다.

그래서 아무 말도 없는 사무진을 대신해서 홍연민이 나섰다.

"제가 하나만 물어도 되겠습니까?"

"네놈은 뭐냐?"

"마교의 군사를 맡고 있는 홍연민이라고 합니다."

사무진을 바라볼 때의 다정함은 사라지고 아미성녀의 눈빛은 싸늘했지만 홍연민은 그 시선을 피하지 않았다.

"묻고 싶은 것이 무엇이냐?"

"조금 전 선배님께서 하신 말씀은 마교도가 되겠다는 뜻입니까?"

선배님이란 단어가 귀에 거슬려서일까.

아니면 생각지 못한 질문이어서일까.

아미성녀가 눈살을 찌푸린 채 대답했다.

"복잡하게 생각할 것 없다. 나는 님이 있는 곳에 머물 뿐이니까."

그 대답을 들은 홍연민의 얼굴에 웃음이 떠올랐다.

"알겠습니다. 머무실 곳을 준비하겠습니다."

그리고 홍연민을 못마땅하게 바라보던 사무진이 표정을 굳힌 채 속삭였다.

"왜 웃어요?"

"지금의 마교는 강한 무인이 절대적으로 필요한 상황이네.

아미성녀 정도의 고수라면 쌍수를 들고 환영할 수밖에 없지."

"좋겠네요. 난 죽을 것 같은데."

이젠 될 대로 되라는 심정으로 사무진이 한마디를 던질 때, 아미성녀가 그의 곁으로 바짝 다가왔다.

섬뜩한 느낌이 들어서 사무진이 주춤 물러날 때, 정문을 통해 또 다른 손님들이 들어오는 것이 보였다.

"재회의 기쁨은 나중에 나누면 안 될까요? 보다시피 제가 지금 좀 바쁘거든요."

강렬하면서도 부담스러운 아미성녀의 눈빛을 외면한 사무진이 대체 이번에 찾아온 손님은 누굴까 하고 살폈다.

그리고 그런 사무진이 이내 한숨을 쉬었다.

또 낯익은 얼굴이었다.

그리고 그녀가 사무진을 향해 고개를 숙이며 말했다.

"만화곡의 부곡주인 화가영이 뇌마 선배님을 뵙습니다."

화가영은 아직도 사무진을 뇌마 노인이라고 철석같이 믿고 있었다.

그리고 그 정도는 괜찮았다.

솔직히 말하고 화가영의 오해를 풀어주면 되는 것이었으니까.

그러나 문제는 화가영이 아니었다.

얼굴이 벌겋게 달아오른 채 콧김을 씩씩 내뿜고 있는 일춘이 놈이 보였다.

대체 왜 이놈이 지금 여기에 나타났는지는 몰라도.

사무진을 확인하자마자 선불 맞은 멧돼지처럼 뛰어온 일춘이 놈은 사무진의 멱살부터 움켜쥐었다.

와락.

하지만 일춘이 놈의 손에 멱살이 잡히자마자 사무진도 화가 솟구쳤다.

방귀 뀐 놈이 성 낸다더니.

부웅.

일춘이 놈은 다짜고짜 주먹부터 휘둘렀지만 사무진은 간단히 피했다.

맞을 이유가 없었다.

그리고 이제는 일춘이 놈이 휘두르고 있는 주먹에 얻어맞고 바닥을 뒹굴어도 될 만한 사회적인 위치도 아니었다.

"허업!"

사무진에게 주먹을 날렸던 봉일춘이 급히 숨을 들이켰다.

목덜미에 닿아 있는 날이 선 검을 확인하고서.

"그만!"

봉일춘의 목에 검신을 가져간 채 명령을 기다리고 있는 매화에게 사무진이 손을 들어 만류했다.

그리고 매화가 검을 거두자마자 봉일춘이 소리를 질렀다.

"너 뭐야?"

"천마!"

"그게 무슨 개소리야?"

"그러니까 내가 마교의 교주라는 뜻이지."

봉일춘이 멍하니 사무진을 바라보았다.

그렇게 한참이나 서 있던 봉일춘이 절레절레 고개를 흔들며 소리쳤다.

"이런 나쁜 놈. 이젠 친구한테까지 사기를 치냐?!"

봉일춘은 무척 흥분한 상태였다.

이유는 모르겠지만.

그러나 사무진도 봉일춘 못지않게 흥분한 상태였다.

그리고 따질 것도 있었다.

"기억은 하냐?"

"뭘?"

"무림맹주의 딸이 요화 서옥령이라고 그랬던 것 말이야."

사무진이 갑자기 던진 질문을 듣고서 봉일춘이 움찔하는 것이 보였다.

그러나 그도 잠시, 봉일춘은 뻔뻔하게 대답했다.

"그래."

"그때 그런 말도 했었는데, 무림맹주는 고자라는."

"틀림없어."

"아니던데."

"그걸 네가 어떻게 알아?"

"직접 물어봤거든."

다시 한 번 소리를 지르려고 하던 봉일춘이 고개를 갸우뚱했다.

"네가 무림맹주를 직접 만났다고?"

"그래."

지나칠 정도로 당당하게 대답하는 사무진을 바라보던 봉일춘이 피식 웃음을 흘렸다.

"미친 놈. 무림맹주가 널 왜 만나?"

"아까 말했잖아. 내가 마교의 교주라고."

"……."

"최근 강호의 정세에 대해서 상의하기 위해 만났지."

봉일춘의 얼굴에 조금 전까지 떠올라 있던 웃음이 사라졌다.

뭔가 이상함을 느낀 듯 주변을 이리저리 살피던 봉일춘이 한풀 꺾인 목소리로 말했다.

"진짜야?"

"부러워?"

그제야 상황을 어느 정도 파악한 봉일춘이 입을 쩍 벌렸다.

"그럼 넌 이제 무림의 공적이 된 거구나."

그리고 봉일춘이 꺼내는 이야기를 듣고서 사무진이 쓴웃음을 지었다.

그래도 친구가 좋았다.

잔뜩 흥분해 있던 봉일춘은 사무진을 안쓰러운 시선으로 바라보고 있었다.

그리고 주저하지 않고 사과했다.

"사실 술에 너무 취해서 무슨 말을 했는지 제대로 기억이 나지 않아."

소주의 뒷골목에서 활동하던 배수에서 졸지에 마교의 교주로 사무진의 인생이 급변하는 시발점이 된 거짓말이었다.

그러나 이렇게 순순히 시인하고 나니 더 추궁할 마음도 생기지 않았다.

사실 봉일춘에게 화를 낸다고 해서 크게 달라질 것 같지도 않았고.

"눈썹은 왜 그 모양이야?"

"눈썹 미는 유행은 지났더라고. 어때?"

"뭐라고 말해줄까?"

"솔직하게 말해줘."

"어디 가서 내 친구라고 하지 마라."

역시 일춘이 놈은 솔직했다.

마음에 없는 말은 하지 못하는 걸로 봐서.

사무진이 섭섭한 표정을 지은 채 질문을 던졌다.

"그보다 여기까지 어쩐 일이야?"

흥분을 가라앉히고 차분하게 던진 말을 듣고서 봉일춘이

머리를 긁적였다.

"내가 여기 왜 왔지?"

친한 친구인 사무진이 무림의 공적인 마교의 교주가 되었다는 사실에 너무 큰 충격을 받아서인지 멍하니 서 있던 봉일춘은 한참만에야 무릎을 쳤다.

"너 춘자 씨에게 대체 무슨 짓을 한 거야?"

"무슨 짓이라니. 아무 짓도 안 했는데?"

"거짓말하지 마. 사실 네가 그렇게 잘생긴 편은 아니잖아. 그런데 어떻게 춘자 씨가 그 짧은 시간에 네게 반해서 정신을 못 차릴 수가 있어? 혹시……."

"혹시?"

"약 먹였냐?"

틀린 말은 아니었다.

사실 사무진이 눈에 띌 정도의 미남은 아니었으니까.

그래도 괜히 인정하고 싶지 않아서 너보다는 잘생겼다는 말을 꺼내려던 사무진이 입을 다물었다.

그런 사무진의 머릿속으로 하나의 기억이 스치고 지나갔다.

춘자 앞에서 환환만화공을 펼쳤던 것이.

"설마……."

"역시 약 먹였지?"

언성을 높이는 봉일춘에게 사무진은 고개를 흔들었다.

"약은 아닌데… 그보다 더 중독성이 강해."

"대체 무슨 짓을 한 거야?"

"그냥 춤 한 번 춘 것이 다야."

"지금 그 말을 믿으라는 거야?"

"사실이야. 마교 교주는 그런 것도 할 수 있어."

멱살을 움켜쥐려던 봉일춘이 기세를 누그러뜨렸다.

그러나 완전히 믿는 표정은 아니었다.

반신반의하는 표정으로 서 있던 봉일춘이 다시 입을 뗐다.

"증거를 대봐."

그 말을 들은 사무진이 얼굴을 일그러뜨린 채 아미성녀를 가리켰다.

그리고 사무진이 아미성녀를 가리키고 있는 이유를 파악하지 못하고 멍하니 바라보던 봉일춘은 한참만에야 정신을 차렸다.

"농담이지?"

"농담할 기분 아니다."

"너 정말……."

"……."

"취향이 변했구나."

탄식처럼 흘러나오는 봉일춘의 한마디를 듣고서 사무진이 고개를 푹 수그렸다.

봉일춘은 매정했다.

여기까지 찾아왔으니 밥이라도 먹고 가라고 붙잡았지만 뒤도 돌아보지 않고 떠났다.

여기 있다가 무슨 봉변을 당할지 모른다는 말과 함께.

그리고 다시는 만나지 않았으면 좋겠다는 차가운 말까지 남겨 사무진의 마음을 아프게 만들었다.

그렇게 봉일춘이 사라지고 나서야 마교의 개파식에는 본격적으로 인파가 몰려들기 시작했다.

가장 처음으로 들어선 것은 하남제일권이라 불리며 그 명성을 날리고 있는 장유걸이 세운 철권문이었다.

무림맹에 속해 있지는 않지만 굳이 분류하자면 정파에 속하는 철권문의 문주인 장유걸은 사무진보다 서붕에게 먼저 인사를 건넸다.

"하남성에서 철권문을 이끌고 있는 장유걸이 권왕 선배님을 뵙습니다."

"그래, 반갑군."

그리고 서붕과 인사를 마친 후에야 사무진을 바라보았다.

아니, 엄밀히 말하면 노려본다는 표현이 맞았다.

"자네가 마교의 교주인가?"

"그래요. 안 믿기나 보네요."

"생각보다 젊군."

"제가 좀 젊은 편이긴 하죠."

"그렇군. 하지만 강호에서는 나이가 중요한 것이 아니지.

얼마나 실력이 있는가가 더 중요하니까."

장유걸은 고개를 숙이지 않았다.

꼿꼿하게 서서 탐색하듯 사무진을 살피고 있었다.

"마교의 교주는 약하지 않아요."

"겸손을 모르는군."

"하남은 꽤 먼데. 거기서 여기까지 일부러 싸우러 온 건 아닐 테고. 먼 길 오느라 고생했는데 밥이나 먹고 가요."

장유걸의 매서운 눈빛을 가벼이 받아넘기며 사무진은 여유롭게 말했다.

그리고 장유걸이 이끄는 철권문의 뒤를 이어 수많은 문파들이 기다렸다는 듯이 밀려들기 시작했다.

꽤나 넓은 연무장을 꽉 메우다시피 한 인파들.

무림맹에 속한 문파도 있었고, 사도맹에 가까운 문파들도 있었고, 흑도에 속해 있는 문파들도 있었다.

좀처럼 한자리에 모이기 힘든 자들.

이제 모일 만큼 모였다는 생각이 들자 사무진은 홍연민을 향해 고개를 돌렸다.

사무진의 시선을 받은 홍연민이 앞으로 나섰다.

"지금부터 마교의 개파식을 시작하겠습니다."

무공을 익히지는 않았지만 홍연민의 목소리는 우렁찼다.

그리고 그런 홍연민의 일갈이 흘러나오자 웅성거리고 있던 장내는 순식간에 조용하게 변했다.

"우선 저희 마교의 개파식에 참석해서 자리를 빛내주신 여러분들에게 진심으로 감사의 말씀을 드립니다. 그중에서도 특히 무림맹을 대표하여 찾아주신 무림맹 외당의 서붕 당주님과 아미파의 전대고수인 아미성녀님께 깊은 감사를 드립니다. 우선 서붕 당주님께서 축사를 해주신다고 합니다."

홍연민의 말이 끝나자 뭔가 마땅찮은 표정의 서붕이 앞으로 나섰다.

슬쩍 사무진을 째려본 그가 입을 열기 시작했다.

"제가 이 자리에 온 것은 맹주님의 뜻을 선포하기 위해서입니다. 저희 무림맹은 마교의 재건에 지지를 보냅니다."

짤막한 한마디.

그러나 그 한마디가 불러온 반향은 컸다.

장내가 다시 소란스러워지기 시작한 틈을 타서 서붕이 제자리로 돌아오려고 했지만, 사무진이 막아섰다.

"아직 끝이 아니잖아요."

"흥!"

"각서에 직인이랑 서명까지 다 받았는데. 보여줄까요?"

마음에 들지 않는 듯 콧방귀를 뀐 서붕이 다시 신형을 돌렸다.

그리고 내력이 실린 웅혼한 목소리로 외쳤다.

"향후 무림맹에 속한 문파들은 재건한 마교와 일체 분란이 일어나지 않도록 하라는 명도 있었습니다. 만약 이를 어길 시에는 탈맹은 물론이고 공적으로 지정해 그에 상응하는 대가를 치르도록 하겠다고 엄명하셨습니다."

서붕의 말이 끝나자 장내는 다시 소란스러워졌다.

그만큼 충격적인 선언이었다.

특히 무림맹에 속해 있는 정파의 무인들이 혼란스러워할 때, 마침내 사무진이 나섰다.

"저희 마교의 교주님이십니다."

때를 놓치지 않고 흘러나온 홍연민의 목소리와 함께 사무진이 등장하자 장내에 있는 모두의 시선이 일제히 사무진에게로 향했다.

그러나 사무진은 전혀 위축되거나 당황하지 않았다.

느긋하게 서서 담담하게 그 시선을 마주하던 사무진이 첫 마디를 뗐다.

"재밌는 것 하나 보여줄까요?"

사무진이 품속에서 숟가락을 꺼냈다.

호기심 어린 눈초리로 바라보고 있는 모두의 시선을 느끼며 사무진은 눈을 감았다.

그리고 떠올렸다.

무명 노인이 만들어준 영원히 잊지 못할 가슴 아픈 기억을.

두근두근.

심장이 아리기 시작했다.

가슴속 한 구석에서 피어오르던 열기가 한순간 강렬해졌다.

솟구치는 마기.

그 강렬한 마기가 숟가락을 쥐고 있는 오른손에 전해졌다.

강기로 인해 숟가락이 길어진 것처럼 보이는 순간, 사무진이 그 숟가락을 힘껏 던졌다.

위이잉.

쏜살같이 날아가는 숟가락.

모두의 시선을 받으며 엄청난 속도로 날아간 숟가락은 십여 장을 날아간 후 아름드리나무와 부딪쳤다.

콰앙.

터져 나오는 폭음.

그리고 숟가락과 부딪친 뒤, 장정 두 사람이 팔을 벌려도 안을 수 있을까 싶을 정도로 거대했던 아름드리나무는 허무하게 뒤로 넘어갔다.

"어때요? 이 정도면 충분하죠?"

"그야… 충분하고도 남네."

눈을 커다랗게 뜬 채 홍연민이 재빨리 고개를 끄덕이는 것을 보며 사무진도 만족한 표정을 지었다.

이미 홍연민과 계획했던 일이었다.

이건 일종의 볼거리이자 시위였다.

마교를 함부로 보지 말라는 것을 알려주기 위한.

그리고 그 효과는 즉시 나타났다.

경악을 금치 못하고 입을 벌리고 있는 장내의 인물들을 향해 사무진이 다시 입을 열었다.

"재미가 있었나 모르겠네요."

"……."

"이건 뭐랄까? 마교의 재건을 축하하고 격려해 주기 위해서 먼 길을 찾아와 주신 여러분들에 대한 감사의 의미로 보여드린 축하 공연이죠."

바닥에 바늘이 떨어지는 소리조차 들릴 정도로 조용해진 장내에는 사무진의 목소리만이 울려 퍼졌다.

"표정이 별로인 걸 보니 별로 재미없었나 보네요. 그래도 축하 공연은 끝났으니 이제 본론으로 들어가죠."

사무진이 잠시 말을 멈추고 주위를 훑었다.

강렬한 시선으로 모두와 시선을 부딪친 뒤, 희미한 웃음을 지은 채 말을 이었다.

"여러분들이 알고 있는 마교는 더 이상 없습니다. 대신 제가 만들어가려는 마교가 있습니다. 강자 앞에서 강하고 약자 앞에서 약한, 두려움의 대상이 아니라 존경의 대상이 되는 그런 마교를 만들어갈 겁니다."

사무진이 준비한 출사표가 끝났다.

예상과는 워낙 다른 출사표여서일까.

혼란으로 인해 조용했던 장내가 다시 술렁이기 시작할 때, 나직하지만 힘이 실린 목소리가 흘러나왔다.

“감히 마교 따위가 재건한다는 배첩을 겁도 없이 보내기에 대체 어떤 놈인가 했는데. 역시 네놈이었군.”

칠흑처럼 어두운 흑색 무복.

머리를 단정하게 뒤로 빗어 넘기고 여유롭게 뒷짐을 진 채 정문을 통해 걸어 들어오는 사내는 호중경이었다.

입가에 떠올라 있는 비웃음이 묘하게 어울리는 그였다.

“힘이 받쳐 주지 않는 이상은 헛된 공염불일 뿐이지.”

그리고 한마디를 덧붙이는 호중경을 바라보는 사무진의 입가에 떠올라 있던 희미한 웃음이 짙어졌다.

당금의 강호에서 가장 큰 세력인 사도맹!

호중경을 선두로 사도맹의 무인들이 등장하자 장내에는 다시 정적이 흘렀다.

그리고 긴장하는 것은 심 노인과 홍연민도 마찬가지였다.

핏기가 가신 창백한 얼굴로 호중경을 뚫어져라 바라보던 심 노인이 재빨리 사무진의 곁으로 다가왔다.

“사도맹입니다.”

“나도 알아요.”

“아무래도 좋은 의도로 찾아온 것 같지는 않습니다. 우선은 좋게 이야기를 해서 돌려보내는 것이 좋을 듯 보입니다.”

평소와 달리 살짝 떨리는 심 노인의 목소리.

그것을 느끼지 못할 사무진이 아니었다.

그래서 살짝 고개를 돌린 사무진이 입을 뗐다.

"왜 이래요?"

"무슨 말씀이십니까?"

"그때 그랬잖아요, 무림맹이든 사도맹이든 겁나지 않는다고. 무림맹주 앞에서 보여주던 그 당당함은 어디에 팔아먹었어요?"

정곡을 찔린 듯 심 노인은 일순 말문이 막혔다.

"그게… 정말로 사도맹이 올 줄은… 그리고 저자는 사도맹의 이공자입니다. 저런 거물이 나타날 것이라고는 예상치 못해서."

"그러지 말아요."

더듬거리며 변명을 늘어놓는 심 노인에게 사무진이 잘라 말했다.

"하지만……."

"마교의 장로는 그러면 안 돼요. 내가 제정신이 아닌 것 같은 심 노인을 왜 좋아했는지 알아요? 그 당당함 때문이었어요. 적어도 내가 이끄는 마교의 장로는 누구 앞에서도 고개를 숙이면 안 돼요."

"……."

"잊지 말아요. 사도맹이 두려웠다면 시작도 안 했을 겁니다."

갈피를 잡지 못하고 흔들리는 눈빛을 한 채 서 있는 심 노인에게서 고개를 돌리는 사무진의 곁으로 홍연민이 나가왔다.

"어쩔 셈인가?"

"하나만 물어볼게요."

"뭔가?"

"사도맹과 전면전이 벌어진다면 어떻게 될까요?"

명색이 마교의 군사임에도 불구하고 홍연민은 쉽게 답하지 못했다.

한참을 망설이고서야 어렵게 대답을 꺼냈다.

"어렵겠지."

"망할까요?"

"그럴 가능성이 매우 높지."

"……."

"아니, 거의 확실하지."

홍연민이 불안한 표정을 지었다.

그리고 그의 불안은 그저 기우로 끝나지 않았다.

"망하지 않을 방법을 강구해 봐요."

"무슨 뜻인가?"

"그냥 보내주지 않을 생각이에요. 저놈은 감히 마교 전체를 짓밟았고, 나는 마교의 교주니까. 도저히 용서할 수가 없네요."

홍연민은 아직 할 말이 남은 듯 보였지만, 사무진은 이미 결심을 굳힌 듯 호중경을 노려보았다.

사무진에게 향해 있던 호중경의 시선은 서붕에게로 옮겨졌다.

그리고 의외라는 듯 이채를 발했다.

"여기서 만나게 될 줄은 꿈에도 생각지 못했군요."

"나도 마찬가지일세."

쓴웃음을 지은 채로 짤막한 대답을 꺼내는 서붕을 바라보던 호중경의 입매가 말려 올라갔다.

"설마 축하 사절입니까?"

"그건……."

"부인하지 못하시는 것을 보니 제 예상이 틀리지는 않나 보군요. 무림맹의 이인자라고 할 수 있는 분이 직접 찾아왔다?"

"……."

"무림맹과 마교의 사이가 이렇게 좋았는지는 미처 몰랐군요."

호중경의 말투는 조롱이라도 하듯 거침이 없었다.

그러나 서붕은 아무 대답도 꺼내지 못했다.

그저 지그시 입술을 깨물 뿐이었다.

"그 이유가 무척 궁금하기는 하지만 대답하시기 곤란한 듯 보이니 거기까지는 묻지 않겠습니다. 대신 다른 질문을 드리죠."

"뭔가?"

"아시다시피 과거의 일들로 인해 사도맹과 마교 사이는 무척 좋지 않습니다. 제가 여기까지 온 것은 아버님의 뜻을 받들기 위해서입니다."

"멸문인가?"

"그렇습니다."

호중경은 망설이지 않고 대답했다.

"방해하실 생각입니까?"

그리고 호중경이 아까부터 던지고 싶었던 질문을 듣고서 서붕이 대답을 망설였다.

그가 이곳을 찾은 것은 그의 뜻이 아니었다.

전적으로 무림맹주인 유정생의 뜻이었다.

더구나 그의 역할은 이미 끝난 상황이었다.

마교가 재건을 하든, 아니면 망하든 서붕은 상관없었다.

아니, 좀 더 솔직히 말하면 망하는 편이 낫다는 생각을 하고 있었다.

원래부터 그다지 내키지도 않았던 행로인데 사도맹과 쓸데없는 시비까지 붙을 필요까지는 없다는 생각을 하며 서붕이 호중경이 던진 질문에 대한 대답을 꺼내려는 찰나, 유가연이 끼어들었다.

"물론 그냥 지켜보지 않을 거예요."

말릴 틈도 없이 이야기를 꺼내는 유가연을 보며 서붕이 곤란한 표정을 지을 때, 호중경의 눈이 반짝였다.

"호오, 그렇게 차려입고 조신하게 앉아 있어서 미처 알아보지 못했군."

"날 알아요?"

"무림맹주의 하나밖에 없는 여식을 못 알아볼 수야 없지."

끈적끈적한 호중경의 시선.

그 시선이 기분 나쁘게 느껴질 만도 하건만 유가연은 피하지 않았다.

오히려 웃으며 대답했다.

"내 미모가 벌써 사도맹까지 소문이 났어요?"

"하핫."

호중경이 호쾌하게 웃음을 터뜨렸다.

"생각보다 재미있는 아가씨로군."

"그런 얘기는 많이 들었어요."

"그런가? 뭐 어쨌든 중요한 것은 그것이 아니지. 굳이 마교를 도우려는 이유가 뭔지 물어도 될까?"

유가연이 콧등을 살짝 찡그렸다.

그리고 쉽게 대답하지 않고 망설이다 입을 뗐다.

"꼭 대답해야 해요?"

"곤란한 질문인가?"

"그게 그렇게 곤란한 것은 아닌데 조금 민망해서… 아니, 그냥 대답할게요. 마교에 내가 좋아하는 사람이 있거든요."

지금 유가연이 꺼낸 말의 의미를 알아채지 못해서일까.

잠시 아무 말도 없이 서 있던 호중경이 다시 웃음을 터뜨렸다.

"무림맹주의 하나밖에 없는 딸이 마교의 인물을 좋아한다? 이거 생각보다 점점 더 재미있어지는군."

"누군가는 봉 잡은 거죠."

"하핫. 그래서 마교를 돕겠다는 거로군."

"그러니까 아저씨가 생각을 바꿔요."

유가연이 꺼낸 말을 듣고서 호중경이 고개를 끄덕였다.

"생각이 바뀌기는 했어."

"그럼 그냥 돌아가는 거예요?"

"아니, 마교만 멸문시키고 돌아가려고 했는데 너를 데려가야겠어. 무림맹주의 하나밖에 없는 여식은 효용가치가 꽤나 있거든."

호중경의 눈에 살기가 어렸다.

그 살기를 감당하지 못하고 유가연이 주춤하며 뒤로 물러나려 할 때, 사무진이 앞을 가로막았다.

그리곤 못마땅한 표정으로 입을 뗐다.

"모두 잊었나 본데 여기는 마교야."

그리고 서봉과 유가연, 호중경을 째려보며 한마디를 덧붙였다.

"내 집은 내가 지켜!"

"어쨌든 영광이네."

"무슨 소리지?"

"사도맹에 배첩을 보내기는 했는데 이렇게 직접 찾아와서 축하해 줄 거라고는 생각지 못했거든."

호중경의 얼굴에 떠올라 있던 비웃음이 짙어졌다.

그런 그가 주위를 슬쩍 살핀 후 입을 뗐다.

"이게 전부인가?"

"이 정도면 충분하지."

"어이가 없군. 병기나 간신히 쥘 줄 아는 놈들 몇 명을 끌어모아 놓고서 충분하다고 말을 하다니."

호중경의 날카로운 시선이 흑점에서 은자 한 냥을 주고 산 낭인들에게로 향했다.

그리고 그의 눈에 담긴 살기를 감당하지 못하고 낭인들이 뒷걸음질을 칠 때, 사무진이 다시 한걸음을 내딛었다.

"아직 시작일 뿐이니까 앞으로 훨씬 더 강해질 거야."

"아직 시작이라… 안타깝게도 네가 이끄는 마교는 강해질 틈이 없을 거야. 시작과 함께 멸문당할 테니까."

호중경이 뿜어내는 살기가 짙어졌다.

그러나 사무진은 조금도 위축되지 않았다.

"과연 그럴까?"

"곧 알게 될 거야."

"말귀를 잘 못 알아듣네."

"……."

"아까도 말했는데, 지금도 충분하다고. 역사상 가장 강한 마교의 문지기와 교주가 있으니까."

호중경이 다시 비웃음을 띠었다.

"역사상 가장 강한 마교의 교주?"

"바로 나지."

"하핫!"

어이가 없다는 표정으로 사무진을 바라보고 있던 호중경이 더는 참지 못하고 대소를 터뜨렸다.

하지만 이번에도 사무진은 차분했다.

"배첩은 읽어봤나 모르겠네."

"말장난을 잔뜩 쳐놓은 배첩이라면 읽었지."

"그럼 그 부분도 읽었겠네. 단단히 각오하고 오라고 그랬는데. 그동안 잊고 있었던 마교의 무서움을 보게 될 거야."

"그때 죽은 줄 알았더니 입만 살아서 돌아왔군."

"그 말을 들으니까 기억이 다시 새록새록 돋아나네. 그때 그 영감은 오늘은 같이 안 왔나 보지?"

슬쩍 주위를 살피고 사무진이 던진 질문을 듣고서 호중경이 대꾸했다.

"염 장로님은 바쁘신 분이지. 이런 곳에 찾아올 정도로 한가하시지 않아."

"그래?"

"그래도 염 장로님은 두려운가 보지?"

"아니."

"……?"

그 영감도 왔으면 더 좋았을 텐데, 아쉬워서."

"기가 막히군. 너 따위 놈은 나 혼자만으로도 충분하고도……."

호중경이 언성을 높였지만 사무진은 고개를 흔들었다.

"넌 곱게 돌아가지 못해. 네가 쓰레기라고 불렀던 마교의 교주가 절대로 약하지 않다는 것을 보여줄 생각이거든."

고개를 살짝 좌우로 꺾은 사무진이 품속으로 손을 집어넣어 신병이기 숟가락을 움켜쥐었다.

저벅저벅.

사무진이 거침없이 걸음을 옮기기 시작했다.

그러나 호중경은 여전히 뒷짐을 풀지 않았다.

자신이 나설 가치도 없다는 듯 호중경이 한 걸음 뒤로 물러나자 기다렸다는 듯이 사도맹의 무인들이 사무진에게로 신형을 날렸다.

순식간에 지척까지 접근한 사도맹 무인들이 휘두르는 검.

날카로운 검은 금방이라도 사무진의 전신을 난도질할 기세로 떨어져 내리고 있었지만 사무진은 눈도 꿈쩍하지 않았다.

챙. 채앵.

그리고 그 순간, 흑색 피풍의로 전신을 감싼 매난국죽 네 사내가 나타나 사무진에게로 떨어지고 있는 검을 대신 막아냈다.

"길을 열어!"

"존명!"

사무진의 명령이 떨어지자 매난국죽이 앞장섰다.

그런 매난국죽의 검은 날카로웠다.

거칠게 뿜어지는 마기.

지금까지의 한을 이 자리에서 모조리 풀겠다는 듯 그들이 휘두르는 검에는 폭발적인 마기가 담겨 있었다.

사도맹의 무인들도 매난국죽의 기세에 밀려 연신 뒷걸음질을 치기 시작했다.

그들이 앞장서서 열어놓은 길로 걸어나온 사무진은 호중경과 이 장의 거리를 격하고 마침내 멈추었다.

"마교 역사상 가장 강한 교주라고 큰소리를 칠 만한 실력이 있는지 한번 살펴볼까?"

힐끗 사무진을 살핀 호중경이 섭선을 꺼냈다.

좌륵.

호중경이 왼손으로 섭선을 펼치며 사무진을 향해 휘둘렀다.

슈아악.

매서운 바람이 일어나며 섭선이 사무진의 시야를 가렸다.

그리고 그 순간, 호중경의 오른손에 들려 있는 붉은색 단검이 사무진의 가슴을 노리고 번개처럼 파고들었다.

섭선으로 인해 시야가 가려진 틈을 타고 파고든 단검이었기에 예측하기 어려운 공격.

그러나 사무진에게는 통감이 있었다.

보지 않아도 공격이 다가온다는 것을 이미 느끼고 있었다.

알고 있는 공격에 당하는 것은 있을 수 없는 일이다.

숟가락을 휘둘러 가볍게 그 단검을 막아낸 사무진이 천지미리보를 펼쳤다.

순식간에 좁혀지는 거리.

사무진이 숟가락을 좌에서 우로 휘둘렀다.

'빠르다!'

거리를 순식간에 좁히는 보법.

그리고 예상보다 훨씬 더 매서운 공격.

쩌엉.

당황한 눈빛을 감추지 못하고 호중경이 섭선을 펼쳐 가까스로 막아냈다.

순간적으로 섭선을 놓쳐 버릴 정도로 그 공격에 실린 힘은 강했다.

사무진이 들고 있는 병기가 숟가락이라는 것을 확인하고 코웃음을 치며 경시하던 감정은 순식간에 자취를 감추었다.

일검을 마주하고 난 후.

아니, 이걸 일검이라고 불러도 될까.

혼란에 빠진 호중경이었지만, 길게 생각을 이어나갈 틈조차 주어지지 않았다.

쉬지 않고 이어지는 연환 공격.

섭선을 이용해 그 연환 공격을 간신히 막아내며 점점 뒤로 밀려나는 호중경의 눈빛이 차갑게 가라앉았다.

지금 사무진이 펼치는 검을 어떻게 설명할까.

무당파의 유운 검법처럼 유려하지도 않았고, 점창파의 사일 검법처럼 빠르지도 않았다.

그렇다고 해서 화산파의 매화 검법처럼 화려하지도 않았다.

하지만 지금 사무진의 공격은 무서웠다.

굳이 설명하지만 수많은 실전을 겪으면서 몸으로 깨달아 불필요한 초식을 제하고 실전적인 검으로 탈바꿈한 낭인들의 검과 비슷했다.

그러나 분명히 다른 점이 있었다.

초식과 초식의 연결고리.

기초가 부족한 낭인들의 검에는 초식을 연결하는 과정에서 허점이 드러나지만, 사무진의 공격에서는 그 허점을 찾기가 어려웠다.

간혹 허점이 드러나기는 했지만 공격에 실린 위력이 워낙 강해서 파고드는 것이 쉽지 않았다.

처음 대결을 시작할 당시의 예상과는 전혀 다르게 흘러가는 상황을 느끼고 호중경은 반전의 기회를 엿보기 시작했다.

우선은 빼앗겨 버린 기세를 되찾는 것이 중요했다.

연신 뒤로 밀려나던 호중경이 입술을 질끈 깨물며 오른손에 들고 있던 단검을 미련없이 던졌다.

예상외의 공격이었음에도 불구하고 사무진이 여유있게 그 단검을 쳐내는 순간, 호중경이 섭선을 앞으로 내민 채 내력을 끌어올렸다.

슈아악.

섭선의 골격을 유지하고 있던 현철로 만든 살들이 동시에 쏘아져 나갔다.

그리고 이번 공격은 효과가 있었다.

빠져나간 섭선의 살들 중 대부분은 피했지만 하나의 살은 사무진의 옆구리를 스치고 지나갔다.

금세 붉게 물들어가는 하얀 무복!

"아프네!"

사무진이 남긴 한마디를 들으며 호중경이 입매를 말아 올렸다.

"의외로군."

"뭐가?"

"불과 일 년이야. 그 짧은 시간 동안 어떻게 이렇게 강해졌지?”

조롱이 아니었다.

호중경이 꺼낸 말에는 진심 어린 감탄이 담겨 있었다.

그리고 그 진심을 느꼈기에 사무진도 대답을 꺼냈다.

“모두 네 덕분이야.”

“……?”

“쓰레기는 되지 말아야겠다고 생각했거든. 나 혼자면, 그래 나 혼자면 괜찮은데 마교까지 쓰레기로 만들고 싶지는 않았어.”

“그렇지만 그 짧은 사이에 대체 무슨 수로…….”

“이건 말한 적이 없는데 내가 재능이 있어. 혈마옥 안에 갇혀 있는 마교의 장로들도 모두 인정했을 정도로.”

사무진이 희미한 웃음을 머금었다.

그와 반대로 호중경의 얼굴은 굳어졌다.

“어쨌든 고맙다고 해야겠네. 아픈 기억을 떠올리게 만들어 줘서.”

할 말을 마친 사무진이 숟가락을 고쳐 쥐었다.

그리고 단순히 숟가락을 고쳐 쥐었을 뿐이지만 기세가 일변했다.

사무진의 전신을 뒤덮고 있는 무형의 기세!

그 정체는 마기였다.

가슴 한 켠에서부터 피어오르는 열기.

처음 그 열기는 미약했지만 시간이 지날수록 그 열기는 강렬해졌다.

일변한 사무진의 기세를 느끼고 호중경도 긴장하기 시작했다.

왼손에 쥐고 있던 섭선을 버리고 허리에 걸려 있던 도를 꺼낸 그는 사무진의 마기가 심상치 않음을 느끼고 내력을 끌어올렸다.

하지만 이내 눈을 부릅떴다.

"적룡출세!"

마기의 흐름이 한순간 강해지더니 형체를 갖추기 시작했다.

포악하기 그지없는 적룡으로.

"고작 환영일 뿐이지!"

거칠게 용틀임을 하는 적룡이 벌린 입에서 뿜어져 나오는 붉은 화염.

호중경이 휘두른 도가 그 화염과 부딪쳤다.

그리고 그 순간, 호중경의 신형이 실 떨어진 연처럼 뒤로 날아갔다.

"쿨럭. 쿨럭."

담벼락이 무너지며 뿌연 먼지가 피어올랐다.

그 피어오르는 먼지 사이로 호중경이 꿈틀대고 있었다.

억지로라도 몸을 일으키려 했지만 그게 쉽지 않은 듯 바닥에 드러누워 있는 그를 향해 사무진이 다가갔다.

"어땠어? 백오십 년 만에 꺼낸 필살기였는데."

"……."

"아직 손에 익지 않은 걸 다행으로 여겨. 적룡이 아니라 황룡이 등장했다면 이미 죽었을 테니까."

"이… 이런… 짓을 벌이고도……."

분한 듯 호중경이 간신히 입을 열었지만 그는 그 말을 끝내 끝맺지 못했다.

"협박이라도 하려고? 씨도 안 먹히니까 괜히 힘 빼지 마."

간단히 호중경의 입을 막아버린 사무진이 쭈그리고 앉았다.

그리고는 속삭이듯 입을 열었다.

"가서 전해. 마교를 건들지 말라고. 만약 건드릴 생각이라면 단단히 각오해. 그냥 당하지는 않을 테니까."

"……."

"그리고 기억해. 다시 만나게 되면 너와 나, 둘 중에 한 명은 죽을 거야."

사무진이 몸을 일으켰다.

그리고 걸음을 옮기고 나서야 사도맹의 무인들이 호중경에게로 다가가는 것이 보였지만 사무진은 신경 쓰지 않았다.

천천히 걸음을 옮기는 사무진의 앞으로 가장 먼저 달려온 것은 유가연이었다.

"괜찮아?"

"그럼."

"진짜 괜찮아?"

"천마불사라는 말 못 들어봤어? 이래 봬도 내가 천마야."

사무진이 유가연의 머리를 쓰다듬었다.

그리고 유가연이 안도한 듯 눈을 감고 있을 때, 이번에는 아미성녀가 사무진의 곁으로 다가왔다.

"다쳤군!"

"이 정도는 괜찮아요."

아미성녀의 시선이 붉게 물든 하얀 무복으로 향했다.

그 시선을 확인하고 사무진이 괜찮다고 대꾸했지만 아미성녀는 고개를 흔들었다.

"천마불사는 틀린 말이다. 죽지 마라."

이야기를 꺼내는 아미성녀의 눈가에는 걱정스런 빛이 떠올라 있었다.

분명히 고마워해야 할 일이었지만 왠지 부담스러웠다.

"역시 안 되겠다. 내가 지켜주도록 하마."

"나를요?"

"그래, 내가 곁에 있는 한 그 누구도 너를 다치게 하지 못할 것이다."

그리고 단호하게 꺼내는 아미성녀의 이야기를 듣는 순간 불안해졌다.

"진짜 안 갈 거예요?"

"여기가 내가 있을 곳이다."

"하지만 저는……."

"네가 여기 있으니까."

힘이 쭉 빠졌다.

머리가 복잡했지만 고민한다고 해서 달라질 것도 없다는 생각이 들었다.

이건 좀 더 천천히 고민해 봐야겠다는 생각을 하며 사무진이 고개를 들 때, 이번에는 심 노인이 다가왔다.

"천마불사!"

쿵. 쿵. 쿵.

부복한 채 바닥에 머리를 찧고 있는 심 노인의 어깨를 잡고 사무진이 억지로 일으켜 세웠다.

억지로 일으켜 세웠지만 심 노인은 고개도 들지 못했다.

"아까도 말했지만 마교의 장로는 어느 누구 앞에서도 함부로 고개를 숙여서는 안 돼요. 그러니까 그만 고개를 들어요."

사무진의 명령이 떨어지고 나서야 고개를 들었다.

"왜, 마음이 변했어요?"

"용서하십시오."

"자꾸 고개 숙이지 말라니까요. 그러지 말고 이유나 말해 봐요. 나를 다시 교주로 인정한 이유가 뭐예요?"

심 노인이 그 질문에 대한 답을 꺼냈다.

"이제야 왜 교주님께 마교의 재건이라는 임무를 맡기셨는지 알 것 같습니다. 미처 그 깊은 뜻을 헤아리지 못했습니다."

"깊은 뜻이라? 그렇게 생각이 깊은 영감들은 아닌데."

"사도맹과 무림맹 앞에서도 고개를 숙이지 않는 교주님의 성정을 미리 꿰뚫어보셨기에 마교를 맡기셨을 겁니다."

"과연 그럴까요?"

어렴풋이 아닐 것이라는 생각이 들었다.

다만 마침 그때, 사무진이 혈마옥에 들어갔기 때문에 이 모든 일이 벌어진 것이 아닐까.

지금으로서는 어느 것도 확실하지 않았다.

진실은 희대의 살인마들을 다시 만나야만 알 수 있을 것이다.

"어쨌든 기쁘네요."

"……."

"심 노인에게서 다시 교주로 인정받았으니까요."

툭. 툭.

사무진이 심 노인의 어깨를 살짝 두드렸다. 심 노인의 눈가가 붉게 물들었다.

홍연민을 향해 다가가고 있는 사무진의 등을 향해 심 노인이 소리쳤다.

"제게 있어 교주님은 죽을 때까지 한 분뿐입니다.

그 절절한 목소리를 듣고서 가볍게 고개를 끄덕인 사무진이 마지막으로 홍연민의 곁으로 다가갔다.

창백하기 그지없는 얼굴로 서 있던 홍연민이 길게 한숨을 내쉬는 것을 보며 사무진이 미안한 기색으로 입을 열었다.

"일 났네요."

"좀 참지 그랬나?"

"웬만하면 그러려고 했는데 못 참겠더라구요. 가슴속에서 욱하고 뭔가가 치밀어 올라서."

"결국 일을 벌였군."

"아까도 말했지만 망하지 않을 방법을 강구해 봐요."

현 무림에서 가장 강한 세력인 사도맹과의 일전!

아무리 생각해도 답이 나오지 않는 상황에서 해법을 찾아내야 하는 홍연민이 답답한 표정을 지었다.

장내의 분위기가 싸늘했다.

원래라면 개파식은 축제 분위기여야 하는데 지금 이런 상황에서 흥이 날 리가 없었다.

아무리 산해진미와 명주를 준비해 두었다고 하더라도 술과 음식을 편하게 먹을 정도로 배짱있는 이들은 없었다.

슬금슬금 일어나서 떠나려고 하는 자들을 확인한 사무진의 표정이 어두워졌다.

"음식도 넉넉히 준비해 두었는데."

사무진이 던진 친절한 한마디에도 불구하고 아무도 기뻐하지 않았다.

되레 더욱 서두르기 시작했다.

“독 같은 것은 안 탔는데.”

급한 마음에 한마디를 덧붙였지만 전혀 효과가 없었다.

썰물처럼 빠져나가는 사람들.

수백 명의 사람으로 인해서 꽉 찼던 장내는 순식간에 텅 비어버렸다.

“생각보다 일찍 끝났네요.”

“그렇다고 해서 성과가 없었던 것은 아니네. 사실 난 조금 놀랐다네. 개파식을 하기도 전에 망해 버릴 것이라 생각했거든.”

더벅머리를 긁적이며 사무진이 꺼낸 말이 끝나자 홍연민이 말을 받았다.

“이제부터가 진짜 문제로군. 사도맹이 가만있지 않을 테니 대책을 세워야 할 텐데.”

그리고 곤란한 표정을 짓고 있는 홍연민에게 심 노인이 소리를 질렀다.

“교주님이 계신데 무슨 걱정이냐?!”

“지금 어떤 상황인데 아직도 그렇게 속편한 소리를 하는 겁니까?”

다시 다투기 시작하는 심 노인과 홍연민을 보던 사무진이 입을 뗐다.

“두 분 다 그만해요. 나한테 좋은 생각이 떠올랐으니까요.”

홍연민과 심 노인이 동시에 입을 다물었다.

그리고 사무진을 바라보았다.

“좋은 생각이란 게 뭔가?”

“탈옥!”

“탈옥이라니?”

“혈마옥을 칠 생각이에요.”

심 노인이 눈을 껌벅였다.

그리고 그것은 홍연민도 마찬가지였지만 그나마 그가 먼저 정신을 차렸다.

“그게 가능하다고 생각하나?”

“불가능할 것도 없죠.”

“하지만 그곳을 지키는 자들이 한둘이 아닐 텐데.”

“우리에게는 든든한 조력자가 있잖아요.”

“든든한 조력자라니 누구를 말하는 건가?”

“저기 있잖아요.”

사무진이 손가락을 들어 아미성녀를 가리켰다.

사무진의 말이 이해가 가지 않는 듯 홍연민이 고개를 갸웃했다.

“저 노파가 무슨 힘이 된다고 그러나?”

"홍 군사는 아직 모르겠네요."

"무슨 소리인가?"

사무진의 얼굴에 떠올라 있는 희미한 웃음이 짙어지며 대꾸했다.

"저분이 혈마옥에서 무려 삼십 년이나 보내신 혈마옥 전문가지요."

『공동전인』 4권에 계속…